イキリオタクの
最強白魔術師
～ブラック勇者パーティーから、魔王学園
保健室の先生に転職しました～
マキシマム
Maximum
jimmy［イラスト］
Illustration jimmy
UG novels

カフェ

「い、いいんで、ですか？」
ラテ
「……。〝切り札〟を使いますね」

「い、いつか、
もっと奥の方まで
見てもらうんです！」
「こんなところで恥ずかしがるなんて、
そ、そんなことあり得ませんよ!!」

UG novels

# イキリオタクの最強白魔術師

## ～ブラック勇者パーティーから、魔王学園の保健室の先生に転職しました～

マキシマム
Maximum

［イラスト］
jimmy
Illustration jimmy

三交社

イキリオタクの最強白魔術師
～ブラック勇者パーティーから、魔王学園の保健室の先生に転職しました～

[目次]

Contents

# プロローグ

半年前、勇者パーティーを追放された。


この俺、アルイ・ジースは白魔術師。

回復魔術を扱える有能職だが、大器晩成型で成長スピードがナメクジ。メタル系を10匹倒してようやくレベルが1上がるという脅威の遅さである。

元々はパーティー加入時点でレベル50とかなり高く、元のレベルが高い故にレベルアップスピードが遅かったのだが、せっかちで頭の悪い勇者様ご一行はそれを理解できず、俺は勇者パーティーを追放されたのだ。

「バカめ、薬草詰まって死ね」

回復職を失ったらどうなるか、そんなこともわからない脳筋勇者に捨て台詞を吐き、俺は涙を拭いながら去った。

追放されてから数週間、路頭に迷った。

『勇者に捨てられた地雷白魔術師』

悪評が出回り、就職できなかったのだ。

雑草や虫などで腹を満たす日々。路上で眠り、浮浪者から雑言を送られる。

俺をこんな目に合わせた勇者に、絶対痛い目を見せてやる。俺の瞳は復讐に燃えた。

そんな日々を過ごしていると、ある日魔王にスカウトされた。

「ほんと、ビックリしましたよ」

「驚かせて済まない」

と、〝魔王〟は言う。

魔王は人類の敵だ。

大陸を蹂躙し、数々の国を滅ぼした。

暗黒魔界の中心にそびえる魔王城に住み、勇者の訪れを待っている。魔王を倒さない限り、人類に平穏はやってこないのだ。

ある日のこと。魔王から、脳内に直接メッセージが送られてきた。

《ウチで働きませんか？》と。

「正直、戸惑いましたよ」

人類の敵、魔王から直接送られてきた。

絶対にヤベー案件。俺はそう考えた。

しかし、実際はそうではなかった。魔王は意外と優しかったのだ。

「今は感謝してますよ。勇者に捨てられた俺を哀れんで、魔王直々にスカウトがくるなんて。生活がヤバかったんで、好機でしたね」

「キミの才能はたぐいまれなものだ。キミを捨てるなんて、本当に勇者は愚者だな」

5年前の戦争で【†殲滅の白魔術師†】と呼ばれ畏怖されたので、多少は才能があると自負している。成長速度は遅いが、伸び率は高いのだ。

少し悩んだが、魔王のスカウトに乗った。カネと人類への忠誠。どっちを選ぶかと言われたら、そりゃあカネを選ぶ。地獄の沙汰もカネ次第という言葉もあるように、この世はカネで成り立っているのだ。

かくして、俺は人類の裏切り者となった。

「あの頃とは違って、待遇もいいですね」

勇者パーティー時代はブラックだった。

魔王を倒すまで給料は出ない。魔物を討伐することで得られるカネは、すべて勇者の懐に向かう。ついでに旅のほとんどが野宿だ。何度も自害を考えたな。

それに対し、ここは素晴らしい。

ちゃんと家が貸し出され、生活水準は常に一定を約束されている。働くと給料が支給され、プライベートも与えられるのだ。

最初こそ魔物サイドへの偏見があったため不安だったが、今ではここ以上の天国はないと確信している。ブラック蔓延る人類を捨て、正解だった。

「そう言えば、仕事はどうだい？」

「楽しいですよ」

俺は現在、魔王学園高等部の保健室の先生に就職している。

勇者パーティー以前は病院で勤めていたため、医療への知識はある。俺が有しているのは人体への知識だが、魔物の身体は人間のそれよりもはるかに単純であるため、専門知識などは必要としない。

魔王学園には魔物が通っている。姿形は千差万別で、時には非常に度し難い造形の魔物もいる。だが、戦争に携わったことがある俺にとって、それは畏怖の対象にはならない。もっとエグいモノを見てきたからな。

「最初は不安でしたけど、みんなマジメで優秀な生徒達ですよ」

彼らはみんないい子だ。魔王を目指して日々訓練を怠らない。

切磋琢磨勉学に励み、時に悩み、時に成長する。その様は本当に健気で、応援したくなる。

人間にも見習って欲しい。驕った貴族連中はマトモに授業を聞かず、堕落の一途を辿る。平民はお金の関係で学校に通うことすらできない。

人間よりも魔物の方が進んでいる。　俺は改めて、そう感じた。

「それはよかった」

「まさしく天職ですね」

回復魔術を生かせる職業。勇者パーティーに就く前は病院で勤めていたため、医療関係も完全に熟知している。まさしく、これ以上ないくらいの天職だ。

本当に、魔王には感謝している。こんな最高のステージを用意してくれて、すごくありがとう。まじ卍。

「む、そろそろ眠い」

「それでは魔王、また今度」

「ああ、また会おう」

魔王は夜10時に寝る。特殊な理由などは無く、単純に眠くなっちゃうらしい。夜は日光が弱くなるため、魔力が補充できないくらい言って欲しかった。

「さて、明日からお仕事だ！」

２日間の休日は終わり、明日から仕事だ。

休日は魔王と遊んでいて、楽しかった。魔王は基本ゲームがクソザコですごく笑えた。

また魔王と休みが重なった時は遊びたい。

仕事も楽しい。やりがいを感じるのだ。こんな経験は、生まれてハジメテである。

魔物に生まれるべきだった。毎日が充実し、毎日が楽しい。

人類とは違い、精神的に生きている。魔物は劣等種族だと教わったが、人類の方こそ終わっていた。

「明日もがんばるぞい！」

月光が差し込む魔王城で。一人、声高々に俺は叫んだ。

◆

余談だが、次の日の朝、俺は怒られた。

『何時だと思っている！』そんなクレームが魔王城で従事している魔物達から大量に届いたらしい。

ごめんなさい。魔王と仲がいい俺は、素直に謝った。

ちなみに賠償金は金貨3枚。俺の月給の5分の1だ。


つらい。

# 1章 保健室の先生編

若干薬臭い部屋。

白をベースにした壁と床。

カーテン越しに並ぶいくつかのベッド。

「やはり、素晴らしいな」

保健室は俺の城だ。適度に孤独なこの場所は、心が非常に落ち着く。成長スピードは遅いが性格は短気な俺にとって、まさしくお似合いの場所である。

病院勤めの時を思い出す。あの頃は今よりも忙しかったが、ある程度の落ち着きは確保できた。保健室の下位互換のような存在だ。

「さて、ゲームをしよう」

保健室の先生の仕事は主に5つ。

【1つ】救命処置
ケガや病気の生徒に応急処置を施す。重傷の場合は、そのまま病院へGOだが、症状が軽い場合はこの場で治す。

俺はだいたいこの場で治せるが。

【2つ】学校環境衛生調査
水質検査や空気検査などを行い、学校の衛生環境をチェックする。

今日の分はすでにした。

【3つ】保健指導
病気やケガの予防について、授業やホームルームなどで指導を行い、生徒らに教育を施す。

今日はない。

【4つ】健康診断の管理
毎年の始めに行われる健康診断の結果を管理したり、食事や睡眠などを調査したりする。

今月の分は終わった。

【5つ】カウンセラー
保健室という希有な場所を利用して、生徒らが胸に秘めた悩みなどを聞き、場合によっては解決に持って行く。

今日は誰も来ない。

魔物の仕事はどれもこれも単調で、お仕事の内容が人類に比べて簡単だ。そのため、要領の悪い俺でもすぐに終わってしまう。

本日の業務はほぼ終了。つまり、自由時間がやってくる。

「今日は何をしようか」

カバンを開き、ゲーム達を机の上へ。

保健室の先生はカウンセリングも仕事の一環なので、娯楽品を持ち込むことを許可されている。禁止されていても、持ち込むが。

天才ゲーマーと呼ばれたこともある俺だ。

どんな状況下であっても、こうやってゲームをしたいのだ。ゲーム・イズ・マイライフ。娯楽があってこその人生だ。

「どれにしようか」

今日は1人チェスにしようか。

いや、1人パズルもいいな。

むしろ、1人フィギュアもあり。

ゲームを見ていると、心が躍る。

実年齢は21だが、心が少年なので、ゲームが大好きなのだ。幼い頃から何も変わっていないとよく言われる。

「気分はチェスだな」

1人チェスはいいぞ。

自分の中の自分との死闘。その先に待ち受けるは、自分への完全勝利。無双を演じるも接戦を演じるも、自分次第という最高のステージ。これ以上のゲームは少ない。

叶うならば俺だって、友達とやりたい。

しかし、俺は友達が少ない。魔界にやってきてまだ間もないからという理由もあるが、人間の友達も片手で足りるほどしかいなかった。根源的にボッチなのだ。

「では、ゲームを始めよう」

チェス台に駒を並べ、俺は1人チェスを――

「……失礼します」

始めようとした瞬間。

保健室に女の子が入ってきた。

頭からウサギの耳が生えた女の子が。

◆

魔王学園に通う生徒は全員が魔物だ。

姿は千差万別。人間に近い魔物もいれば、認識した瞬間発狂してしまいそうなグロい魔物もいる。

彼らはみんな、将来の魔王を目指して必死に努力している。

いくつかの種族の魔物は倫理観が人間とはかけ離れているが、大多数の魔物達は人間と同じような思考回路を有している。幾人かの悩みを聞いてきたが、彼らの悩みのほとんどが人間と変わらないモノであった。

魔物であっても思春期の幼体。姿形が違うだけだ。

「やぁ、どうしたんだい？」

チェス台をしまい、少女へと振り向く。

1人チェスを続けたかったのだが、ここは仕方ない。お仕事を優先しよう。

「その……質問なのですけど」

と、ウサギ耳の少女は言う。

かわいらしい女の子だ。ピンクの髪に白いウサギ耳。制服を押し上げる胸は、かなりデカい。比較的人間に近くて、ものすごくエロい。

おっと、いけない。

生徒に劣情を抱くことは、いけない。

あくまで俺は教育者。性的興奮は家に帰ってから発散しよう。

「……なんで人を好きになると、胸がギュッと苦しくなるのですか？」

おお、恋愛相談か。

童貞の俺は人を好きになったことがない。なので、恋愛相談ほど困る相談はない。

さて、なんと答えようか。

どんな風に答えても小並感が否めないと思うのだが、それでも答えるしかない。

それが俺の仕事なのだから。

「……心が焦っているんだよ」

俺は続ける。

「心が変わらない現状に焦って、キミは苦しくなる」

「……どうすればいいのですか？」

「簡単なことだ」

俺は少女の頭に手を乗せる。

「諦めないことだ。苦しくても、諦めちゃダメだよ。諦めなければ、夢は叶うのだから」

全て受け売りだ。俺の数少ない友人が、こんな内容のことを語っていた。基本アホだが、恋愛事になるとものすごくマジメになる男だ。ちな童。

しかし、薄いな。やはり、恋愛を経験したことがない俺の言葉なんて、この程度だ。

「……わかりました」

少女はそう言って、俺の頬に手を当てる。

――――ん？

「わたし、決して諦めません。ですので……いつか、答えてくださいね」

――――額にチューされた。

「それでは先生、待ってますね」

そう告げ、少女は保健室を去った。

「……ははは」

そうか、ようやく理解した。

少女は好きな〝人〟がいると言った。この学園の〝人〟は俺だけ。最初から、伏線を張っていたのだな。

「まさか、恋愛相談を受けた相手から、恋愛感情を向けられているなんてな」

気づいたら熱を帯びた好意を持たれていた。

「……大変なことになりそうだ」

あの少女は強い。揺れている俺は、そう思った。

◆

「さぁ、ゲームを始めよう」

本日の業務はほぼ終了した。この仕事は存外楽で、午前中にお仕事が終わることがほとんどだ。

そのため、こうやって暇ができる。卓上に駒を並べ、１人チェスの開幕だ。

ボッチチェスは非常に愉快だ。自分との戦いがすぐに行える点が、評価が高い。

「キングは取らせんよ」

ポーンを適当な場所に運ぶ。思えば、勇者パーティー時代もこうやって1人遊びに興じていたな。コミュ力が低いので、パーティーメンバーと馴染めなかった。仲間はいても、ずっと1人だったのだ。

……悲しい過去だ。今は彼らの事は忘れよう。

きっと回復職を失い、困っている彼らの事なんて、知らないさ。嫌なことは忘れて、ゲームに集中だ。

「くくく、無双をお見せしよう」

手にしたポーンで相手の軍を――破壊する。

「ズッドーン!!」

荒れ狂う我がポーン。

キレイに統率のとれた敵陣営の兵士達を、怒濤の勢いで盤面から押し出す。

ナイトもビショップも、クイーンでさえも、ポーンを止めることは叶わない。

たった一騎の歩兵が、敵を全て打ち倒す。蹂躙の限りを尽くす。

ポーンへの対抗手段を持たない敵機たちは、無様に敗退していく。弱者が成り上がり、無双する様はカタルシスを直撃する。

「我がポーンは普通の歩兵ではない。努力によって覚醒した、究極のポーンなのだよ」

平凡な生まれのポーンは努力した。誰にも負けないように、誰も泣かさないように。その結果、最強の力を手に入れた。

一歩も動くことができない敵機。そんな彼らを、無情に盤面から追放する。

まさしく、完全無敵。

まさしく、主人公最強無双。

しかし、戦争はいつか終わるモノ。

この諍いにも、終焉が近づく。

「これで——終わりだ」

キングの前に、ポーンを配置する。


——チェックメイト。


「……ふぅ」

これこそボッチチェスの真髄。ルールは自分自身で決めることができる。既存のルールに縛られること無く、自由に遊ぶことができるのだ。

今回俺がしたことは、『自機のポーンをむちゃくちゃに暴れさせて、敵の駒を端から盤面に追い出す』という、チェス愛好家からしたら嫌われること間違いなしの遊びだ。

人形を戦わせる遊びの上級編だな。しかし、俺を咎める者はいない。

様々な設定を盛り込んで遊ぶ、『創作ボッチチェス』を邪魔する者など、存在しない。

この場において、俺は神。盤面の彼らは、神に対して抵抗することはできない。よしんば可能だとしても、それさえも俺の手のひらの上だ。適当に考えた設定の上で転がされているのだ。

「……癖になりそうだ」

今度はどんな設定にしようか。平凡な兵士の成り上がり無双を今回はしたので、次は苦戦系を所望する。相手にも同格の実力者がいるなど、非常に燃える。

駒を盤面に戻しながら、考える。

くくく、心が躍るな。いくつになっても、こういった遊びは楽しくて仕方がない。

「さぁ、次は――」

「……し、失礼します」

扉が開き、少女が入ってきた。

◆

「やぁ、いらっしゃい」

チェスを仕舞いながら、少女にあいさつ。

「は、はい！　そ、相談です！」

と、緊張しながら少女は言う。

美しい少女だ。

金の髪はキレイな顔を彩る。胸も大きく、将来有望だ。

きっと、下半身がイモムシでなければ、人間にも受け入れられただろうな。

上半身は人間の身体だ。しかし、腰から下はどう見ても蝶の幼虫にしか見えない。ブヨブヨのアオムシの下半身は衣服を纏わずに裸のまま。ケンタウロスのようなものだな。

「どうぞ、俺は何でも聞くよ」

「そ、その……と、友達が欲しいです！」

「なるほどね」

またしても、俺の苦手なジャンルだな。ボッチの俺にとって、友達作りほど難しい問題はない。

しかし、答えなければ。それが教師としての、そして大人の義務なのだから。

「そうだね、確かに友達作りは難しい。大人の俺だって、不得意なんだから」

「……」

「そして、キミも不得意だろ？」

「はい……」

少女はかなしそうに呟く。

「なら、やるべきことは１つだよ」

「……？」

俺は少女と目線を合わせる。

「俺と友達になろう」

「!?」

少女は驚いている。

「まずは俺で練習をしよう。そして、ある程度友達に慣れたら、同じクラスの似た雰囲気の子にア

タックを仕掛けよう。いきなり同じ歳の友達を作るのは、難易度が高いから」

友達作りに大切なモノは勇気だ。

しかし、これまでの人生をボッチで過ごした者にとって、それは非常に難易度が高い。いくら勇気を振り絞っても、声が裏返って気持ち悪がられるのが関の山なのだから。

なので、まずは練習が必要だ。

この少女は人と話すことが苦手そうなので、俺との練習が必須になってくる。そして、友達が1人いるという事実が、少女を寂寥《せきりょう》感から守ってくれるだろう。

何事も練習だ。いきなり実戦投入は、エアプのすることだ。

「……」

少女はぽろりぽろりと涙を流す。どうしたらいい!!

少女は言ったんだ。

「そんな言葉、生まれてはじめてで、ありがとうございます……!」

って。

「いいよ、だって友達なんだから」

教師と生徒。友達と呼ぶには、いささか不似合いかもしれない。

しかし、こんな俺で少女の孤独を癒やせるのならば、全力を尽くそう。生徒の笑顔を守ることが、教師の勤めだ。回復魔術でも人の心は癒やせないからな。

「それじゃあ、チェスをしよう」

仕舞ったチェス盤を取り出す。

「あ、は、はい！」

「キミ、名前は？」

「か、カフェ・ゼロです！」

「そうか。よろしく」

友達とのチェスなんて、久しぶりだ。学生時代に2人だけいた友達と、毎日のようにチェスに明け暮れたな。

「それじゃあ——行くよ」

俺たちは対人チェスを楽しんだ。

ちなみに、カフェはすごく強かった。ボッチ無双チェスで鍛えた俺が、完敗するほどには。

◆

「失礼します!!」

カフェとチェスをしていると、慌ただしく扉が開かれた。

やってきたのは2人の少女。

1人は金髪エルフの少女。1人は角が生えている黒髪鬼人の少女。

鬼人少女はぐったりとしていて、頭からは血が流れている。鬼人少女はエルフの少女に担がれてきた。

「どこでケガをしたんだ？」

一旦チェスは終了。カフェは少し悲しそうな顔をするが、事態が事態なので我慢してもらおう。

「戦闘学の授業でヤオちゃんに魔術が！」

「なるほど」

【戦闘学】

この学園の生徒にとっては大切な授業だ。

クラスメイトと戦うことでレベルアップし、同時に友情や愛情を育むことを目的としている。青春ポイントの高い授業だな。

しかし、それだけに危険も伴う。

周りに教師がいるのである程度の安全は確保されるが、もちろん万全ではない。不測の事態も往々に起きてしまうのだ。

「……」

鬼人少女の傷を見る。

頭部の裂傷か。傷が深く、頭蓋にヒビまで入ってしまっている。このまま放っておけば、確実な死が待ち受けている。早急に治さなければ。

「《歴史は辿るべき《サンクチューアリ》》」

回復魔術を掛ける。そうすることで、鬼人少女の傷はどんどん癒やされていく。

「す、すごい……！」

「こ、こんな魔術……は、はじめてです！」

「俺のオリジナル魔術だからね」

既存の回復魔術は効率が悪い。一部では回復薬で十分、回復魔術はオワコンとまで言われていた。5年前まで、回復魔術の風当たりは強かった。

そこで生み出したのが、この魔術だ。既存の回復魔術に少しのアルイジを加えただけで、10倍の回復力を持つようになった。この魔術のおかげで、回復魔術に革命が起きたのだ。

そして、この魔術を作ったのは俺。

成長スピードこそナメクジだが、白魔術師としての才能は誰よりも優れているのだよ。

自分で言うと恥ずかしいな。

「よし、完治だ」

鬼人少女の傷は癒えた。先ほどまでグロテスクに開いていた傷口が、今ではなかったかのように治っている。

「ま、まるで……時間の巻き戻りですね」

「す、すごいで、です!!」

「そうでもないよ」

既存の魔術に少しだけ手を加えただけだ。

こんなチンケな魔術では無く、もっと革新的な回復魔術を褒めて欲しいな。人間からは全く評価されなかった魔術の数々を。

結局、褒められたのはこの魔術だけ。それ以外のオリジナルは、まるで評価されない。確実に人類史に革命が起きるレベルの魔術をいくつも作りだしたというのに、人間は俺を評価しない。

「……せんせ？」

「ああ、悪い」

少しダークサイドに落ちてしまった。保健室の先生がこんなんじゃダメだな。

「……ん」

鬼人少女が目を覚ました。

「ヤオちゃん！」

エルフ少女が抱きつく。涙を流していて、仲の良さが伺える。

「私はいったい……？」

「戦闘学で頭をケガしたんだよ！」

「……まだまだ未熟だな」

鬼人少女はかなり冷静だ。

普通は困惑すると思うのだが。魔物と人だと多少は精神構造が違ってくるのだろうか。

「……しかし、どうして治っているのだ？」

「アルイ先生が治してくれたんだ！」

と、エルフ少女が言うと――

「……人間が……私を……？」

と、顔を歪ませ、鬼人少女は言った。

◆

魔物と人間は戦争状態にある。

人間は魔物を憎んでいる。

しかし、魔物は人間を憎んでいない。

戦争を体験した俺からすると、特に人間に対して負の感情を抱いていないように見えるのだ。

しかし、例外は存在する。

魔物の中にも、人間を憎む過激派がいる。理由は多々あるが、若い過激派魔物の中で一番多い理由は「親が過激派だから」だ。私怨で人間を恨む若い魔物は少ない。

「私は人間に治されたのか?」

「う、うん……」

「そうか……」

鬼人少女は立ち上がり、俺の胸ぐらを掴んでくる。

「おい人間」

「元気みたいで安心だ」

「ふざけるな」

俺を強く睨む。

「決闘しろ」

「え?」

え?

「人間に恩を売ったのならば、殺すことで恩を帳消しにする。それが我が一族の作法だ」

なんと武闘派な。しかも、めちゃくちゃだな。

「明日の午前10時。コロッセオで待つ」

と言い、鬼人少女は去った。

「ご、ごめんなさい！　待ってよ！」

エルフ少女も後を追うように去る。

「……だ、大丈夫ですか？」

「慣れてるよ」

襟を直し、そう答える。

「こんな時が来ることも、覚悟していた」

悪いのはあの少女ではない。少女を歪ませた、今の時代が悪いのだ。

回復魔術では人の心は癒やせない。少女の歪んだ思想を治す方法は、1つしか残っていないのだ。

「叩きのめすよ」

拳には拳を。武闘派の少女を治すには、暴力しかない。

「がんばろう」

戦うことは嫌いだが、覚悟を決めよう。

だって、俺は教師なのだから。

◆

【コロッセオ】


「はじめて来たな」

石でできた立体闘技場。

とても広く、小さな城なら収まりそうだ。観客席では、大勢の魔物が観覧している。

コロッセオの中央には少女がいる。

腰に刀を携え、怒りの眼差しで俺を睨み付ける、鬼人の少女が。

「……」

無言で俺を睨み付けてくる。端正な顔が台無しだ。

黒い髪は非常に清楚で、赤い瞳は美しさを際立たせる。胸も大きい。

この学園、美人多いな。

「短時間でこんなに観客を集めるだなんて、キミのカリスマは素晴らしいね」

昨日からわずか16時間で、コロッセオの観客席を埋めるほどの観客を集めるとは。

いやはや、素直に脱帽だ。

「人間の死を、皆にも流布したいのでな」

「怖いね」

俺は真上に魔術陣を出現させ、降下させる。

「よし」

魔術陣が通過すると、武具が装備される。

フード付きの白いマント。手には俺の身長と同じくらいの槍。

これこそが、俺の最強装備だ。

「人間如きが私に勝てると思うなよ」

「それはどうかな？」

「その口も、へし折ってやる」

俺たちは構える。

「行くよ」

「いつでも構わない」

かくして、俺たちの戦いが始まった。

◆

「中々やるね」

スパパパッ!!

少女の剣戟は素晴らしい。相当なスピードで、俺を斬りつける。

「どうして当たらない！」

「俺の方が強いからね」

俺は回復魔術より近接戦闘の方が得意だ。

【†殲滅の白魔術師†】と呼ばれていた理由の1つに、相手を格闘術でぶちのめしていたというの

がある。幼少期を戦場で過ごしたので、強いのだ。

だからこそ、少女の攻撃は当たらない。

かなりレベルの高い剣術だが、それでもまだまだ学生レベルだな。戦場には想像を絶するような、それこそバケモノクラスがわんさかいた。

「全体的に甘いな」

腹を小突く。

「ぐっ……！」

少女は吹き飛ばされる。俺の筋力は非常に高いので、少しの攻撃でも大ダメージに繋がるのだ。

「大丈夫かい？」

「同情するな‼」

腹を押さえ、苦しむ少女に声を掛ける。

いくら魔物でも、少女だ。今の攻撃はデリカシーに欠けたな。

かわいらしい女の子の腹を槍で小突くなんて、かなり畜生ポイントが高いよな。反省。

「……侮っていた」

少女は痛みを隠すように、立ち上がる。

「人間を舐めていたようだ」

少女は刀を鞘に収め、構える。

――――居合いだ。

「来い。〝奥義〟で相手をしよう」

ドゴンッ！

爆発するように、溢れ出すオーラ。

〝気〟と呼ばれるモノだ。黄金のそれを少女は、鎧のように纏う。

奥義というにふさわしいな。美しさも、強さも、全てを備えている。

かなり修行を積まなければ、ここまでのモノはできないだろう。

「なるほど、素晴らしい技術だ」

槍を少女に向ける。

「その年でここまでとは。キミの才能は天上天下だね。素直に感動したよ」

槍の先に魔力を籠める。

「だが――無意味だ」

ズキュキュキューン!!

槍からビームを打つ。

「なッ!!」

ビームは少女に直撃。

しかし――

「……？」

少女にダメージはない。

「何を……ッ!!」

「気づいたようだね」

「気が――使えないッ!!」

先ほどまで少女を覆っていた気は霧散した。

奥義の要であった気が消えて、慌てふためいている。

「キミの気は《リプログラミング》した」

「何を――」

「性質を書き換えたのさ。キミはもう、気も魔術も使えない」

《リプログラミング》

相手の特性を書き換えることができる。

至高の魔術師の魔力を0にすることも可能だし、剣豪から剣の才能を無くすことだって可能だ。

魔術師界に革命が起こる魔術だ。もちろん、俺が作り上げた。

「な、何を――」

「《影分身《デュープ》》」

俺は分身を生み出す。

「《影分身《デュープ》》」

何人も。

「《影分身《デュープ》》」

何人も。

そして――

「この人数に勝てるかな？」

総勢40人の俺。

全個体が武器を持ち、全個体が独立して動くことが可能である。コピーとは違うのだ。

「……それでも戦うのが魔物だ」

「お見事」

素晴らしい精神の持ち主だな。模範的な魔物の精神を持っており、まさしく賞賛に値する。

だからこそ、敬意を持って、倒そう。俺たちは槍を持って、特攻する。

教師として、人間として。俺たちは少女を倒した。

◆

「人間に負けるなんて、恥だ」

ボロボロの少女は、空を仰ぎながら呟く。その瞳は虚無であり、絶望が映っている。

「私はまだまだ弱い」

悔し涙を流しながら、少女は呟く。

「憎き人間に負けるなんて!!」

悔しいのだろう。少女は感情を露わにして、嗚咽を漏らす。

「……キミの敗因は1つだ」

そんな少女に、俺は告げる。

「慢心したこと。『弱小種族の人間が相手だ』と、驕ったことだよ」

事実、慢心を捨てた少女は強いだろう。

相手が《リプログラミング》などという反則技を持っていなければ、ほとんどの敵に勝てるはずだ。少女はそれだけの実力を有している。

「人を憎むことはキミの勝手だ。それを否定したりなんて俺はしない」

だけど――

「人間を認めてはどうだい？　人間は確かにクソッタレの度し難い連中だけど、それでも実力は確かだよ。キミが一番わかるだろ？」

人間《俺》に負けたからこそ、わかるはずだ。

強さを、恐ろしさを、卑しさを。

人間の強さの秘訣を。

少しでいいから、人間への考え方を訂正してくれれば、それ以上に嬉しいことはない。

言葉だけでは、難しいな。

「憎しみを糧に、強くなってくれ」

成長に憎しみは必要だ。

聖人は憎悪を否定するが、それは過ちだと俺は思う。誰かを憎むことによって、成長できるヤツらは多数存在する。

俺を憎むことで強くなれるのならば、どんどん憎んでくれ、嫌いになってくれ。

それが教師としての願いだ。

「強くなったら、また戦おう」

そう言って、俺はコロッセオを去った。

「……私はダメだな」

◆

【数日後】

カフェとチェスをしていると――

「アルイ……先生」

扉が開かれ、そこには鬼人の少女が。

「やぁ、どうしたんだい？」

「……私、人間が嫌いだ！」

「知ってるよ」

何をいまさら。

「でも、でも！」

少女は顔を赤らませ、俺に指差し――

「先生のことは……嫌いじゃないから！」

と、言った。

「お、おう」

「じゃ、じゃあ!!」

それだけを告げ、少女は去った。

「?」

何がしたかったんだ? よくわからないな。

「……せんせはダメですね」

「?」

カフェはそう言ったが、俺にはその意味がわからなかった。

◆

今日は久しぶりの休日。しかも、天気も良い。

普段はインドアで休日は家に引きこもって大型掲示板でくだらないレスバトルに興じているか、あるいはバーチャル魔術少女の鑑賞に耽っている俺だが、そんな俺でも今日は外に出てしまった。

生まれ落ちたときから俺は真性の陰キャだが、ここまで天気が良いと若干陽キャよりになってしまう。どうやら、俺の中の陽キャ因子は死んでいないようだ。

「素晴らしい街並みだ」

眼下に広がるは、超すごすご魔界。

基本的に人間界と変わらないレンガ造りの建物や歩道が広がっているのだが、それでもすごすご感は群を抜いている。

まず、ゴミが少ない。

人間界ではクソ人間共がその辺にゴミをバンバン捨てていたので、基本的に汚かった。

テロ対策でゴミ箱が少ないことが原因の1つなのだが、それにしたって「ゴミはゴミ箱へ」と幼い頃に習ったであろう大人達が食べ終わった弁当や飲み終わったペットボトルをその辺にポイ捨てして、それをボランティア団体が愚痴を並べながら回収する様は心が悲しくなった。

しかし、魔界は違う。

基本的にテロなんて言う卑怯な犯罪を魔物は嫌うため、ゴミ箱がそんじょそこらに存在している。

その上、魔物は容姿は醜いかもしれないが教養のある者が多いため、ゴミはゴミ箱へ捨てる。ゴミを回収するボランティア団体も存在しない。

そのため、魔界はキレイだ。ゴミはゴミ箱へきちんと捨てられており、ゴミが発する異臭もほとんどしない。

次に、トイレが多い。

こちらも同じ理由で人間界はテロリストが利用するかもしれないというくだらない理由で、トイレの数が非常に少ない。

みんなが楽しむために造られた公園にトイレがないこともざらにある。

そのため、トイレを我慢しながら遊び、ついには漏らしてしまう子どもが社会問題にもなっていた。事実、俺も漏らしたことがある。

魔界はトイレが多い。公園といわず、少し歩いただけで公衆トイレに出くわす。

そのため、公園で遊んでいて漏らした経験のある子どもが全然いないのだ。

これは素晴らしいことで、漏らしたことで楽しむ時間が絶望タイムに変わってしまった経験を味わう必要がないということは、子どもにとって最大級に幸せなことである。悲しみ1つもない現実の実現である。

その他もろもろ魔界は素晴らしいところが多い。

少なくとも、人間界なんかよりはずっと良い世界である。

必要ない伝統や恐れる必要のない脅威のことばかりを考えて機能が完全に死んでいる人間界なんかよりも、必要ない伝統や無駄な脅威を排除して今に暮らす生命のことを考えて進化を続ける魔界の方がずっと素晴らしい。ブラボーだ。

「魔界は良いな」

クレープを食《は》みながら、思わず呟く。

人間界のモノとは比べものにならないくらい美味だ。侵入してくる大量の魔物が原因で物流が滞り、食物そのもののレベルが格段に低い人間界の飲食物とは比べものにならないくらい魔界の食べ物はおいしい。

単純に食物の差もあるが、料理人のレベルも人間界よりも格段に上だ。

人間のように2本の腕だけを使用して料理を施す、という概念に縛られる必要もないことが原因の1つだろうか。見ているだけでSAN値が削れそうな連中の料理方法は非常にグロテスクだが、色々と勉強になる。人間の料理では考えられなかったトンデモない技術が使われているのだ。

その他にも、単純に4本の腕をそれぞれ器用に使用して、これまではあり得ないくらい効率的に迅速な料理を施すヤツもいるし、未知の物質を料理にかけることでエグいレベルのうまい料理を完成させる種もいる。

人間は奇抜な個性を嫌うため周りと少しでも違うヤツが出てきたらどんな手段を使用してでも全力で叩きつぶして意見を統一させる生き物だが、魔物はその逆で周りと違うことを何よりも好むためにドンドン進化していく。そのため、技術面でも娯楽面でも人間を優に越しているのだ。

本当に素晴らしい種だと思う。

見た目で差別する人間なんかとは違い、魔物は違って当然という概念を好んでいるのだから。

「魔物の子らは元気そうだ」

ゴブリンと肉塊の子が遊んでいる。それぞれ種族は違うのだが、そこに垣根はない。

彼らは先にも述べたとおり、見た目で差別などしないのだ。

仮に彼らの中にエルフの子が混じっていたとしても、決して仲間ハズレなんかにはしないだろう。なんたって、彼らに差別意識なんてないのだから。

ああ、空気がうまい。みんなが人間よりも生き生きしており、なんていうか生きている感じがする。

窮屈な人間社会よりも、自由で満ちている彼らは本当に素晴らしい。

俺は人間界にいたときからずっと苦しかったのだが、それが魔界にやってきてから解消された感じがする。

なんていうか、はじめて「生きている」感じがするのだ。

「やはり、魔界にやってきて正解だったな」

公園のベンチに座り込み、ひとり呟く。クレープの甘みは魔界の優しさのように慈悲に満ちていて、俺好みの味だ。

本当に魔界へやってきて正解だった。

クソブラックな勇者パーティー時代とは違い、基本的に暇だがたまにやってくる生徒を治療する日々。しかも、癒やした生徒は感謝してくれる。

勇者パーティー時代とは大違いだ。あいつらは俺が傷を癒やしてやっても何も言わずに、それどころかさも当然かのような対応をしてくる。本当にアイツらは性根が腐っているのだ。

今の日々は充実している。誰かを助け誰かに感謝される日々、それは俺がかつて憧れた主人公の意志に似ているのだ。俺がまだ子どもだったときに憧れた、最高のヒーローに。

あの時の俺に誇れるような俺になれているのか、そんなことはわからないが少しは胸を張れるようになっているだろう。「大丈夫、キミの未来はまだ明るい」と言える程度にはなれているだろう。

そんな風に休日をダラダラと過ごしていると――

「――」

「……んっ？」

ふいに誰かの悲鳴を捉えた。

……距離はそう遠くないな。

「しかたない」

俺は保健室の先生だ。生徒もその他の人々も、俺が救う。

「行こうか」

俺は声の元へと向かった。

◆

声の主は路地裏にいた。

「へへ、キレイなウサギじゃねえか！」

「これは高く売れそうだな!!」

そこには2人の人間と
「離してよ!!」

俺に恋しているウサギちゃんがいた。

「……なるほどね」

俺にはわかった。現状で何が起きているのか、が。

おそらくだが、この人間どもは魔界へと魔物の密猟目的で侵入してきたヤツらだ。

最近そういった輩が多いと魔王が嘆いていた。このままだと社会問題に発展してしまう可能性があるとも。

そして、連れ攫われた魔物は人間界でオモチャのような扱いを受ける。

あるモノは剥製にされて貴族の悪趣味なインテリアの1つと化し、あるモノは奴隷に堕ちてしまい所有主の慰み者になってしまう。

とどのつまり、密猟者に捕まったら最後、自由は一生やってこないのだ。

ただでさえ人間の敵である魔物だ。良い待遇など絶対されないだろう。

だからこそ――

「おい悪党ども!!　1ラウンド付き合えよ!!」

――俺が助けなければならない。

「お前、人間か?」

「なら、同業者だなさっさと――」

「……勘違いしているようだな。さっきのセリフが聞こえなかったのか?」

槍とローブを装備する。

「せ、先生!!　なんでここに!!」

「生徒を守るのは教師の役目だろ?」

「で、でも……先生に迷惑かけたくないです!　好きな人に迷惑はかけたくないです!!」

「大丈夫、これは軽い運動だ」

優しく笑いかける。

そして、投槍。

「ぐッ――!!」

密猟者Aの頭を粉砕。

「な、なんでだ!　キサマ何故!!」

「簡単だ。俺は魔物の味方だからな」

近づく。

「そうか、聞いたことがあるぞ。勇者パーティーを追放されて魔界へ亡命したクソ野郎がいるって話をな!!」

「それは間違いなく俺だな」

「ようやく繋がったぜ!!　人間を捨てたクズ野郎!!」

「そこで正義ヅラか。だから、俺は人間が嫌いなんだよ」

近づく。

「みんなずるいヤツで本当にうんざりだ。たまに輝くヤツもいるけど、そいつも成長するにつれて穢れていく。だからこそ、俺は人間を捨てて魔物の味方になったんだ。あんたら人間《悪》には『正義』を捨てたってよく言われるけど、別に元々正義のために戦っていたわけじゃない。俺はこれから、魔物のために戦うんだよ」

そして――――

「だから、死ね」

密猟者Bの頭を吹き飛ばした。

「……もう、大丈夫だ」

「うぅ……うぅ……」

「大丈夫、大丈夫」

泣いている彼女の頭を撫でる。言葉ではあんなことを言っていたが、やはり彼女はまだ子どもだ。人間に拉致されそうになって、怖かったのだろう。

女の子が涙を流している様子はどこかグッとくる部分があるのだが、しかしここで興奮するなど人間として腐っている。

なので、俺はとりあえず頭を撫でまくる。

童貞の俺にとって、このような状況下での最善策はイマイチ思い浮かばない。

「……ありがとうございます」

「いいや、これが仕事だからね」

みんなを守り、みんなを癒やす。それが俺の業務だ。

それに、おばあちゃんが言っていた。

「みんなを守って、救って、みんなに笑顔を振りまけるような人になりなさい」と。

そして、俺の憧れたラノベの主人公はそんなおばあちゃんの言葉を体現するかのように、生きていたのだ。だからこそ、俺はそんな憧れた主人公のような行動を取ったまでだ。

「……やっぱり、先生のこと好きです」

「そうか、まだ応えられないな」

「……いつか返事をお願いしますね」

「ああ、もちろん」

そして、ウサギちゃんを家へと送り、俺の休日は終わった。

◆

「先生久しぶりです！」

「キミは……いつかのエルフくんだね」

業務に従事していると、扉が開かれた。

保健室に入室してきたのは、ヤオの友人であるエルフの少女だった。

「はい！　あの時はありがとうございます！」

「いいんだよ。あれが俺の仕事なんだから」

俺は教師だ。生徒のためを想い、生徒のために行動する。それこそが、俺の絶対にして最高の仕事なのだ。

だからこそ、深々と頭を下げられても困る。

俺はあくまでも普通に仕事をしただけであって、別にそこに正義などはないのだから。まぁ、感謝されて嫌な気分にはならないが。

「それで、今日はどうしたんだい？」

「実は……先生に相談がありまして……」

なんだろうか。

彼女はかなりコミュ力が高いパーリーピーポーに見えるので、別に俺のようなヤツに相談をしなくとも、友達や担任などに相談をすればよいだろうに。

俺の元にやってくる生徒は何か心に闇を抱えた者かあるいは、絶対に誰にも癒えないような重い悩みを患った者が多い。

そして、そういった者は雰囲気でわかる。

「あ、これはヤミ系だ」という情報が感覚と雰囲気で察せられるのだ。

さて、もちろんだが彼女はそんなヤミ系ではない。

見た目は完璧な美少女であるし、少ししか話していないがそれでも明るくチャーミングなごく普通の女の子であることが伺える。デメリットは胸が小さいくらいだ。

そんな普通のヤミ系ではなくヒカリ系の美少女がこんな暗澹たる場所にやってきて、相談を持ちかけてきた。

おそらくだが、これはとても重大な事に違いない。とんでもない事件の香りがする。

ああ、仕事が増えてしまうな。だが、これも仕事の1つだ。謹んで承ろう。めんどくさいなんて思っていない。

「それでどんな用事だい？」

「実は――――ヤオちゃんのことなんですが……」

ああ、やはりか。友達思いのように伺える彼女の悩みだ。自身に関することよりも、友達に関する悩みが多いに決まっている。

それに俺は一度彼女の悩みを解消している。そんな彼女が俺を頼ることは、往々にあり得るだろう。

「わかったよ。それで、今度はどんな相談だい？」

「最近ヤオちゃんなんだかボーッとしていることが多くて、すごく心配なんです」

「『ボーッと』っていうのは、具体的にはどんな風にだい？」

「なんだか何も考えていないような、声をかけてもしばらく反応しなくてちょっと大丈夫かなってレベルなんです……。それに最近では顔が一気に真っ赤になることもあるし、ブツブツと何かを呟いていることもあるし……。お願いします先生！　助けてください!!」

「なるほど」

これらは全て彼女の主観による情報なのだが、それでもこれらからヤオがどんな状態にあるのかがわかってきたぞ。

おそらくだが、魔物にしか感染しない病を患ってしまっているのだろう。

病状的に風邪なのだが、ヤオの種族は風邪への完全な抗体を所持しているためそれはありえない。

また、それ以外の似たような病状への抗体も持っている。

そのため、基本的に彼女の種族は病気には罹らない。

だが、エルフの少女の話から察するに何かしらの病に罹っていることは確定的に明らか、つまりこれは俺がまだ知らない未知の病なのだろう。

常識的に考えて知らない病の治療は困難を極める。

だが、俺はてぇんさぁい白魔術師だ。これまで培ってきた技術と少しの運を織り交ぜれば、未知の病だろうがなんだろうが治癒することは難しい話ではない。

それに病状から察するにそこまで重い状態でもないようだ。これが危篤状態とかであればそれこそ俺の才能を持ってしても助からない可能性も十二分に考えられるのだが、今回はそうではない様子。つまり、簡単な仕事というわけだ。

「OK、最善を尽くすよ」

「ありがとうございます先生！」

「感謝はいらないよ。これは仕事なんだから」

基本的に保健室の先生の仕事は応急措置だ。

病気の治療やケガを癒やすことは病院に任せて、保健室では包帯を巻いたり水を飲ませるくらいのことしかしない。それがほとんどの学校での保健室の扱いだ。

俺以外の保健室の先生があくまでも応急措置しかしない……いや、できないのは実力が足りないからだ。

本当に白魔術が得意なヤツであれば、医師として就職する。

俺はかなり特殊なケースなので保健室の先生に就職したのだが、一般的には実力のある白魔術師は医者になる。

保健室の先生になったり冒険者になるような白魔術師は、実力がヨワヨワな弱小白魔術師なのだ。だからこそ、風邪や骨折を保健室で癒やすことができずに病院に丸投げする。前述した通り、それらを治療できる実力がないからな。

しかし、俺は違う。俺には白魔術に関して言えば天賦の才能がある。

どんな傷でも癒やすことができるし、どんな病魔であっても撃退することが可能だ。

幼い頃からその実力を買われてきた俺は他の保健室の先生とは違って、この場で治療を施して病院に連れて行く必要がない。

病院に連れて行かないことによって本来であれば病院に流れるはずの医療費が流れないので人間からは嫌われそうだが、魔物はそんなみみっちい事を気にしないので何も問題はない。

「それじゃあ、癒やしに行こうか」

「はい!!」

「……?」

「どうかしましたか？」

「いや、なんでもないよ」

なぜだかわからないが、彼女の笑顔が強まった。

普通であれば友人がなんらかのヤベー状況にあるので不安そうな表情を取ると思うのだが、なぜだか彼女はニコニコといつもの笑顔を絶やさない。それどころか、その輝きがさらに強まったようにさえ感じられる。

いったいこれはどういうことなのだろうか。理由を聞いても別に良いのだが。なぜだか俺はそれを恐れている。彼女にその笑顔の意味を聞くことに、魂が警鐘を鳴らしてくる。

……まぁいいだろう。彼女の笑顔の意味など、聞いたところでどうせ答えてくれない。

こういった笑い方をしてくるヤツは基本的に聞きたいことを聞いても何も答えてくれないのだ。これまでの経験上、断言できる。

嫌なことが多かった俺の人生の経験上、本当に答えてくれるようなヤツはもっとポワポワとした笑い方をしてくるのだ。

「……いや、気にするべきは他のことか」

なんだか久しぶりの白魔術師としての出番な気がする。

この前ヤオの傷を癒やしたのが最後だから……３ヶ月弱は回復魔術を使用していないのか。

生徒達がそれだけケガをしていないという証明であるので大変嬉しいことではあるのだが、それでもこれだけの期間回復魔術を使っていないと腕がなまっている可能性も無きにしもあらず。

……少しだけ不安になってきたが、大丈夫だろう。なんたって、俺は天才なのだから。

……そもそも――――。

いや、それを考えるのはやめよう。教員が生徒を疑ってどうする。

だから、例え思ったとしても言葉には出さずに、この思いも消し飛ばそう。

彼女の謎の笑みを見て気持ちが非常に淀んでくる。

それと同時に、1つの仮説が誕生した。もしも俺の仮説が正しければ、俺の実力がなまっていたとしても別に問題はない。

だがしかし、俺はやはり教員なのでこの仮説は外れて欲しいな。

そもそもヤオは病気などではなくて、この子が俺を騙しているだなんて、そんなことは考えていない。

◆

【教室】

「……はぁ」

「なるほど、重傷だな」

「でしょー?」

ヤオは自分の席でボーッとしている。

窓ガラスと睨めっこをしていて、部活動に励む生徒らを眺めるわけでもなく、また空に浮かんでいるおいしそうな雲をヨダレを垂らしながら眺めているわけでもなく、ただただボーッと外を眺めていた。

頬を少しだけ赤らめて眼を細めて、完全に魂が抜けたような少しだけマヌケな姿でヤオは自身の席で座っていた。

一般的にはマヌケな姿だが、彼女の端麗な容姿のおかげでアホアホ感は薄い。

むしろカタブツな印象を受けやすい彼女であるが、今の少し気の抜けた姿を見るとかなり取っつきやすくてチャーミングな印象を与えることも十二分に考えられるだろう。

しかし、いくら容姿のおかげで取っつきやすい印象を持たれたとしても、ボーッとしていることには変わりがない。

通常であれば風邪を疑うのだが、前述したとおり彼女の種族は風邪への完璧な抗体を持っている。そのため、何か別の病魔であろう。

さて、それではどんな病を患っているのか、それを調査する必要があるな。

問答無用でリプロプラミングを施しても彼女の病を治療することは叶うのだが、それでは多少倫理観に抵触してしまう。

最近は魔界でも児童ポルノ法などが厳しいので、ここで変なことをしてセクシャルハラスメントだと勘違いされると非常に困ってしまう。そんなしょうもない理由で逮捕されてしまえば、色々と情けないし俺をスカウトしてくれた魔王にも申し訳ない。

だからこそ、リプロプラミングは最後の切り札に取っておく。切り札は常に俺の元にやってくるのだが、それを使うのは最後と問屋が決めた。

さて、それではどうやって治療するのか。

リプロプラミング一強の†殲滅の白魔術師†がいったいどのように治療するのか。

その方法は非常に地道で、かつ王道なもの。

そう、ヒヤリングである。

「やぁ、ヤオ。元気にしてたかな？」

「……」

無視。

「キミのことがとても心配なこの子が相談しにきたんだよ。だからさ、最近変わったところとかない？」

「……」

無視。

「その、キミの種族は非常に頑強で堅硬な種族だって事は十分理解しているんだけど、やはり未知のウイルスは突然湧くからね。キミのことを知りたいな」

「……」

無視。

「……ここまで無視が過ぎるとさすがに俺も悲しくなってくるな」

「……」

無視。

「リプって……いいかな？」

杖を召喚する。

ここまですり寄っても何も返事が返ってこないのだ。

もしかすると声が出なくなる作用を含んでいる可能性も考えたが、それでも必要最低限のアクションは起こすだろう。

つまり、彼女はずっとボーッとしていて何も返事ができない謎の病を患っているのだ。

そんな状態の彼女からヒヤリングで新たな情報を引き出すことなど、不可能に近い。

だからこそ、本当はこんなことはしたくないのだが、強制的に治療してしまおう。

最終的に傷が癒えれば何も問題はないだろう。

「もう、ヤオちゃん？」

「ふぇ？」

エルフの娘がヤオに声をかけると、驚くほど簡単にヤオはその声に応じた。

普段の凜とした姿とは似ても似つかないほどマヌケでかわいらしい声で、ヤオはこちらを向いたのだ。

「や、やぁ」

「ふぇ……ふぇええええええええええ!!」

そして、ヤオは俺の顔を見た途端、その顔の赤らみを増した。

「やっと気づいた！　もう、せっかく先生を呼んできてあげたのに！」

「な、な、な!!」

「ヤオちゃんずっと言ってたじゃん！　「先生に……会いたい」って!!」

「!!」

「だから呼んできてあげたよ？　わざわざヤオちゃんが病気だってウソまで吐いて」

「な、な、な!!」

ニヤニヤとその表情を歪めているエルフの娘。

イマイチ現状を理解できていないが、とにかくこのエルフっ子に騙されたということはわずかな情報から察することができた。依然として何故この場に呼ばれたのか、何故俺が騙されたのか、そういったの必要な情報は不明のままだが。

取り乱しているヤオはかわいらしいな。もしも俺が学生だったら、確実に好きになっている。俺は学生時代とても度し難い陰キャだったのでどう足掻いたとしても付き合えたりなどはしないのだろうが、それでも好きになることを諦めたりはしないだろう。

カリスマ的な人気があり、実力も確かで頭脳明晰容姿端麗な彼女を好きになるなという方が無理な話だ。

「……ッッッッ失礼するッッッッ!!」

そんなことを考えていると、ヤオはものすごいスピードで教室から出て行った。

「え、えっと……？」

「ごめんなさい先生、だけど私はヤオちゃんに幸せになって欲しいんです！」

「お、おう」

「だから……ヤオちゃんに優しくしてくださいね？」

「う、うん？」

結局何が起きたのか、どうなっているのかなどの情報が一切わからないまま、この日は終わった。

◆

次の日、保健室に行くと机に手紙が置いてあった。

『先生、昨日は申し訳なかった。友人の暴走のせいで先生を翻弄してしまったことを、深く陳謝する』


と、言った内容の手紙が。

「ハハッ、礼儀正しいな」

最近の子はしっかりしているな。いや、魔物の教育が良いだけか。

そんなことを考えながら、俺はセンベイを食べた。

◆

「先生!!」

カフェとチェスをしていると、いつかのウサギ少女が保健室に入ってきた。

「ああ、久しぶり」

「えへへ、久しぶりです……じゃないですよ!」

少し怒った表情のウサギ少女。

「なんで、わたし以外の女の子と遊んでるんですか!!」

「いや、友達だから――」

「友達!?」

驚いた表情。

確かに教師と生徒間の友情は、一般的な感性からすると、かなりおかしいか。

「まぁ、俺たちは少し特殊なんだよ」

「むぅ!!」

頬を膨らませる少女。その反応は予想外だ。

「な、なんでわたしとは友達になってくれないんですか!!」

「へ?」

へ?

「あれだけ想いを伝えたのに……わたしとは仲良くなってくれないんですか!!」

少し涙を流しながら、ウサギ少女は訴えてくる。

あの日、俺は実質告白された。女性から言い寄られたことなんて初めてで、どう反応すればいいのかわからなかった。それは今も同じだが。

この少女は俺のことが好きらしい。だからこそ、俺と仲良くなりたいのだろう。

「俺はいいよ」

「えへへ、やりました!!」

大きくガッツポーズをする少女。生徒と仲良くなれるのであれば、それ以上に嬉しいことなどない。基本的に、教師は生徒に好かれたいと思っているモノなのだから。

それに、これがきっかけでカフェと仲良くなってくれると、教師としては本望だ。カフェは授業以外は基本的に保健室にいるので、少し心配だったのだ。

生徒同士が仲良くなる。それは、素晴らしいことだ。

「それじゃあ、キミの名前は？」

「あ、そう言えばまだ言ってなかったですね」

ウサギ少女はスカートを翻す。

「わたしはラテ・ゲオルです」

「よろしく」

「はい、よろしくお願いします!!」

この後めちゃくちゃ3人で人生ゲームした。

◆

「そう言えば、キミたちの専攻はなんなんだい？」

我が校には、いくつかの学科・学部がある。

学生達は自分の特性によって、それぞれ学部・学科に分けられており、近接戦闘が得意、魔術が得意など、細かに分けられている。その数は軽く千を越えるのだ。

「わたしは魔術学部・死霊魔術学科ですね」

と、ラテは言う。

死霊魔術は根暗と揶揄されることが多い。

死体を自らの魔術で召喚・操作することで、自らの下僕として手足同然に操る事が可能な魔術だ。また、極めると死者との会話も可能になるという。

死体と意気投合するという点が、根暗と揶揄される所以だ。事実、性格的に少し暗い方々がこの職に就くことが多い。俺の数少ない友人のほとんども、死霊魔術師だ。

しかし、強力な職業である。死体という異臭を放つ存在を操ることで、相手の意気を削ぐという点。そして、デバフ魔術による相手の戦闘力の低下。

この2つが混ざることにより、死霊魔術師の位は中々に高いところにある。人気がないだけで、強いのだ。

「ぼ、ぼくは魔術学部・付与魔術学科です」

と、カフェは言う。

付与魔術は人気職だ。

バフ魔術・デバフ魔術のエキスパートであり、回復魔術も少しだけならば使用可能。まさしく、縁の下の力持ちという言葉がピッタリの職業である。

しかし、付与魔術師はパリピが多い。自分以外の他人がいなければ真価を発揮できないという特性上、必然的にコミュ力が必要になってくる。その結果、この職に就く者は魔物・人間問わずにパリピ化するのだ。

「……ふふ」

コミュ力が高そうな死霊魔術師。

コミュ力の低い付与魔術師。

デコボコでアベコベだ。２人の職業は、どう考えても逆だ。

「……いや」

そんな２人だからこそ、仲良くなれる可能性があるのかもしれないいな。

何もかも正反対な２人だからこそ、この先友情を育むことがあるのかもしれない。

今の２人は【俺の友達】という関係しかないが、いつかはお互いが【友達】になればいいな。

そんなことを考えながら、俺は人生ゲームを楽しんだ。

# 2章

# 体育祭編

「……」

無言でうどんを啜る。

「……」

無言でサラダを食べる。

「……」

無言でちくわ天を食べる。

「……はぁ」

俺は今、食堂で昼食を取っている。そう、1人で、だ。

この学校には、教師もたくさんいる。

学部学科が大量に細分化されているので、必然的にそれを教える教師や教授の数も増えるのだ。ちなみに、教師の半分はOB・OGだ。

しかし、俺に教師仲間はいない。

単純なコミュ力がないという点もあるが、基本的に保健室に引きこもっているので、他の教師達と接点が少ないのだ。

「……はぁ」

その結果がこれだ。

昔と変わらない、ボッチ飯。かなしみが深い。

勇者パーティー時代もそうだった。

クソ勇者は女たらしでパーティーメンバーの女の子や、その辺で拾った女の子とばっか食事をしていたし、俺以外の男性パーティーメンバーも俺とは一緒に食事はしてくれなかった。

野宿の時ですら、俺はキャンプに混ざれずに、１人でシチューを啜っていた。

あの頃から何も変わっていない。

最近女子と関わることが多いため、少しコミュ力が増えてきたと自負していたが、結局俺は何も変わっていないのだった。

「……はぁ」

ため息を吐き、食事を続ける。

魔物は味覚が薄いため、味付けが濃い。妙に塩っ辛いうどんを、ネコ舌の俺はフーフーしながら、必死に食べる。

塩辛いが、味気ない。友達がいないと、食事は薄くなるな。

「……つらたん」

周りには、楽しそうな生徒たち。

ゲラゲラ、ワラワラ。ナウい話題で、彼らには笑顔が絶えない。

彼らを見ていると、心が浄化される。

同時に、ひどく虚しくなってくる。

どうしようもなく心がツラく、どうしようもなく泣きたくなってくる。ボッチには、この状況は地獄に等しい。

「……さっさと食べよう」

昼食を済ませ、保健室に戻ろう。

保健室は俺の城、俺を拒絶しない唯一無二の素晴らしい環境だ。

「……」

無言で食事ペースを速める。

うどんをかき込み、サラダをシャキシャキ食べ、ちくわ天をモリモリ噛んでいく。

「あ、せ、せんせ！」

「先生！」

そんな時だった。

いつもの2人が、俺を見つけたのは。

◆

「やぁ」

「隣いいですか？」

「もちろん」

俺の右にカフェ。

俺の左にラテ。

両サイドに、それぞれが座る。

「うどん食べてたんですね！」

「まぁね」

「好きなんですか？」

「まぁね」

俺の故郷は、うどんの聖地として有名だ。

時々うどん型のモンスターが出現し、新職業『うどん錬金術師』と『うどん魔術師』が生まれるという、異常事態が起きる程度にはうどんの神様に愛されている。

朝起きて、カレーうどん。

昼食は、うどんモンスター。

夕食は、さぬきうどん。

毎日、うどんを食べていた。

そのため、今ではうどんを1日1食キメないと、とてもじゃないがやっていけない身体に成り下がってしまったのだ。

「結婚したら毎日作りますね！」

「ん、あ、ああ？」

適当に答えたが、なんだかとんでもないことを言われた気がするぞ。知らんけど。

「そう言えば、そろそろ体育祭じゃないのか？」


【魔王学園体育祭】
・生徒同士が実力をぶつかり合わせる
・玉入れなど、様々な競技がある

・一番人気は生徒がタイマンで戦う【闘技】
・最終的にポイントが一番高い者が優勝

我が校のビックイベントの1つだ。

魔界を熱狂させ、『好きなイベント行事はなんですか？』の魔物アンケートでは常に上位に入り込んでいる。その人気は、魔物ンピックに並ぶとも言われている。

「わたし、楽しみです！」

と、ラテ。

彼女は兎人の魔物だ。

身体能力と性欲が極めて高く、運動と性行為を何よりも好む淫乱戦闘民族。無残に殺す姿と発情した姿がチャームポイントの、人間からも人気の種族だ。

だから、楽しみなのだろう。

身体をめいいっぱい動かすことができて、相手をボコボコにできる今回のイベントは、兎人にとって最高の舞台である。

「……ぼ、ぼくはそ、そこまでです」

と、カフェ。

彼女は蟲族の魔物だ。

蟲族は種族の特徴にかなりバラツキがあるが、カフェはまだ幼虫の様子。身体能力は極めて低く、特に防御力は紙に等しい。

だから、不安なのだろう。

自身の低い身体能力で数々の魔物達と戦い、勝利することは蟲族の幼虫には非常に難しい。幼虫は戦闘タイプではないのだ。

「……修行するか？」

「……え？」

「俺の弟子になるか？」

我が校では弟子制度が承認されている。教師が生徒を弟子に取り、鍛えるのだ。

生徒はさらに強くなれるし、教師はこれを利用すると給料が上がる。両者にＷｉｎ—Ｗｉｎな制度である。

俺は白魔術師だ。付与魔術師とは、系列が似ている。

つまり、教えられることは、たくさんあるはずだ。

「い、いいので、ですか？」

「ああ、ハジメテだから拙いかもしれないけどな」

俺はまだ21歳。

人間の社会では、まだ弟子を取ることができなかった。『弟子を取るには満30歳以上、魔術師歴五年以上』と、クソのような法律で定められていたのだ。

「ぜ、ぜひよ、よろしくお願いします！」

と、カフェは頭を下げる。

「うん、こっちこそ」

ニコリと笑い、俺はそう告げた。

カフェが自主的になってきている。

これはいい兆候だ。力を得ると自信がつくというのは、人間も魔物も変わらないのだな。

「わ、わたしも！」

ラテは急に大きな声を出す。

「わたしもいいですか！」

「え、いいけど」

ラテは死霊魔術師。白魔術師とは、系列が離れている。

俺が教えられる事なんて、かなり少ないと思うのだが。

それはラテも理解しているはず。いったいどんな目的があるのだろうか。

「やった！　よろしくお願いします！」

「ああ、よろしく」

まぁ、いいか。生徒が喜んでくれるのだから、俺としては否定する理由なんてどこにもない。

「それじゃあ、放課後は保健室ね」

「はい！」

「は、はい！」

昼休みはそろそろ終わる。

俺は食器を食堂に返しに行った。

【放課後】

「来たね」

保健室で炭酸ジュースを嗜みながら、入室してきたカフェとラテに言う。

「は、はい！」

「来ました！」

「それじゃあ、行こうか」

俺は槍を天に翳《かざ》し——

「《空間改変転送《ステージセレクト》》」

保健室を草原に変えた。

◆

「着いたよ」

目の前に広がる大草原。

白い壁はどこにも無く、木々の一本も生えていない。天井なんて消え失せ、空には美しい青が広がっている。

まさしく、大草原不可避だ。

薬の臭いの代わりに、草の青々しい匂いが鼻腔をくすぐる。太陽の朗らかな光が、俺たちを優しく照らしてくれる。

「こ、ここは！」

「どこですか!!」

慌てふためく2人。

保健室が急に草まみれの草原と化したのだから、その反応は正解だな。妙に初々しくて、非常に愛くるしい。

「保健室を草原に変えたんだよ。回復魔術の応用ってヤツだね」

「回復魔術関係あるのですか!!」

「保健室を治療して、整形したのさ」

「大ありでしたね!!」

詳しく説明すると、原稿用紙がいくらあっても足りないため、至極簡潔に説明した。それでも、概要程度しか理解できないだろうけど。

これも俺が生み出した魔術だ。

空間改変なんて、凄まじい魔術だと自負しているのだが、それでも人間連中は評価しなかった。

「適当に幻覚でもかけたのだろ？　このペテン師め！」と罵倒し、俺を蔑んできたのだ。

やっぱ人間クソだな。滅んでしまえ。

「さぁ、始めようか」

「よろしくお願いします！」

「お、お願いし、します！」

元気がいいな。

魔術師にもっとも大切な物は気合いと元気なので、非常に素晴らしい。ハナマルをあげよう。

体育祭まで残り35日。

授業と睡眠時間を考慮すると、３００時間程度しか修行することができない。予定は崩れる物なので、さらに削れる可能性は十二分に考えられる。

時間は少ない。なので、効率よく鍛えよう。


「キミたちの実力が知りたい」

俺は2人の実力を知らない。

人間であればステータスから実力を把握できるのだが、魔物にはレベルやステータスの概念がないため、それを推し量ることが難しい。

めんどうだが、魔術を見よう。

ステータス同封手術を魔物にも実装してくれれば、こんなめんどくさいことをしないで済むのだがな。


「ぼ、ぼくします！」

そう言い、カフェは懐から杖を取り出す。

「《筋力強化《マッスル》》」

カフェが魔術を唱えると、イモムシの胴体がビキビキと音を立てて、少し膨らむ。しかし、その盛り上がりはすぐに収まった。

「自身の身体能力を強化する魔術だね」

「は、はい！」

シンプルだが強力な魔術だ。

魔術師でも身体能力は命。たまに「魔術師は頭脳が全て。脳筋なんてダセーぜ！」とマヌケなことを言う愚者がいるが、魔術師でも身体を鍛えていて損することはない。

イモムシ特有のクソザコ身体能力をカバーするので、非常にグッドだ。弱点をカバーするというのは、魔術師にとっての基本なので、カフェにはハナマルを贈呈したい。

「次はわたしがやります！」

「頼む」

「はい！」

そして、ラテは唱える。

「《増殖する死人《デンジャー》》」

地面に黒色の魔術陣が出現。そして、3体のスケルトンが出現した。

「このスケルトンは放っておくと増殖するんですよ！」

「おお、それはすごい」

ラテは兎人なので、遠距離は不得意だ。

身体能力に依存する戦い方を好む兎人にとって、遠距離火力魔術を得意とする魔術師は、最大の宿敵と言える。なので、ラテは死霊魔術師を選んだのだろう。

死人たちを肉壁にして相手に接近することも可能、死人たちを遠距離操作して相手を殺すことも可能。素晴らしい選択だな。

愚鈍に高火力魔術職を選ばないことによって、遠距離対策に幅を持たせるところが非常に素晴らしい。

「2人の実力がわかったよ」

俺は魔術への慧眼がずば抜けている。

なので、2人の魔術を少し見ただけで、実力が完全に把握できた。

俺は告げる。

「このままでは、優勝は無理だ」

残酷な真実を。

◆

「自覚はしているだろう。キミたちは弱い。そして、追い打ちをかけるようだけど、キミたちの想像を超える才能を持つヤツらなんて、ゴロゴロいる」

続ける。

「たとえば、この間俺と戦ったヤオ。彼女はキミたちと同年代で、キミたちを圧倒的に凌駕する天賦の才を誇っていた。今のキミたちが逆立ちしても、彼女には勝てないだろう。それに、彼女以上の才を持つヤツらもそこそこいる」

一息。ふと、2人を見る。

俯いて、暗い表情をしている。

「でしたら――」

「ん?」

「わたしたちは……体育祭に出る意味がないじゃないですか……」

「そうさ、今のキミたちでは初戦敗退だろう」

残酷な真実を、包み隠さずに伝える。

「……」

「……」

2人は言葉を失い、俯く。

「そう、〝今の〟キミたちではね」

続ける。

「キミたちは〝進化〟する」

続ける。

「俺を信じてくれ。キミたちに優勝の夢を見させてあげるよ」

和やかに、俺は告げた。

「……わたしは信じます。弟子にしてくれて、将来の夫のアルイ先生を信じます」

と、ラテ。

「ぼ、ぼくもし、信じます! ぼくのと、友達になってくれた、せんせを信じます!!」

と、カフェ。

「ありがとう。ベスト5に入れるように、俺も頑張るよ」

弱者からの成り上がり。それはロマンがあり、夢がある。

責任重大だ。全てが、俺にかかっている。

「……がんばろう」

2人に聞こえないように、俺は呟いた。

◆

「その調子だ」

あれから3週間。

俺は2人にずっと筋トレを指示している。

「は、はい！」

必死に草原を走るカフェ。イモムシの下半身を必死に蠢かし、ゆっくりだが確実に、カフェは前へ前へ進む。

「がんばります！」

逆立ちしながら草原を走るラテ。腕をプルプルさせながらも、元気よくズイズイと、ラテは前へ前へ進む。

「いいぞ」

おばあちゃんが言っていた。「筋肉をつけると魔力が上昇し、筋肉をつけると魔術は強くなる」と。

科学的な証拠はないが、それは真理だ。

俺も筋トレを施したら、魔術のキレが上昇した気がする。全ての魔術が数段階グレードアップしたと実感しているのだ。

世界は筋肉だ。この世のほとんどは、筋肉で解決する。

「その調子だ」

2人に足りないモノ、それは筋肉だ。小枝のような腕では、魔術は安定しない。

強い魔術師になるためには、たくましく健全な身体になることが大切だ。日和ったモヤシ大魔術師も大勢いるが、彼らのほとんどは早死にする。

だからこそ、2人を鍛える。筋肉を成長させれば、2人はさらに成長できるのだ。彼女たちには、それだけの才能が眠っている。

「そろそろ重りを増やそう」

「わ、わかりました！」

「はい!!」

走りを終え、2人は重りを外す。

カフェは
【30キロリストバンド×2　120キロリュック×3　合計：420キロ】

ラテは
【30キロリストバンド×2　90キロアンクルバンド×2　120キロリュック×1　合計：360

キロ】

を、それぞれ外す。

「身体が軽いですね！」

「で、ですね！」

そう言い、2人は飛び跳ねる。イモムシ胴のカフェですら、かなり高く飛び跳ねている。

「さぁ、これを装備するんだ」

【100キロリストバンド200キロアンクルバンド300キロリュック】

を、亜空間から取り出す。

「今度も重そうですね……」

「で、ですね……」

「大丈夫、慣れだよ」

最初は20キロの重りで根を上げた2人。

しかし、今では3桁の重りを付けても、ピンピンしている。

魔物の適応力は想像以上だ。2日もあれば慣れるだろう。

また新たに、重りを用意しなければ。

「ガンバってくれ！」

「はい！」

「は、はい！」

器用にイモムシの胴体に3つのリュックを装備するカフェを見て、潰れないか少し心配しながら、考える。

「……」

体育祭まで約10日。

2人はかなり鍛えられ、実力ならばこの学園トップクラスに君臨できるだろう。

なので、大切なのは2人の気合いだ。後は根性さえあれば、2人は優勝できる。

「……がんばってくれよ」

小さく呟き、俺は2人に筋トレを指示した。

◆

【前日】

「はぁ……はぁ……」

「ふぅ……ふぅ……」

時刻は午後10時。暗い草原の中、2人は息も絶え絶えに草の上で寝転んでいた。

「2人とも、よくがんばったね！」

2人に回復魔術をかける。

「は、はい！」

「がんばりました！」

疲れが癒えたらしい。スクッと立ち上がり、満面の笑顔になる2人。

「それじゃあ、明日に向けて今日は解散だ」

体育祭は明日の11時スタート。仮に0時に寝たとしても、10時間程度は睡眠をとれる。

睡眠は大切だ。どれだけ鍛えても、休憩が無ければ全てが無駄になってしまうのだ。

帰宅用のポータルを出現させる。

「お、お疲れ様です……」

フラフラと、カフェはポータルに入って帰った。

「ふぅ……ん？」

俺も帰ろうとすると、ラテが服の袖を掴んできた。

「どうかした？」

「……先生」

そして、首に手を回し――

――チューっ
「――――ッッッ!!」

口に生暖かい感触。

これは、これは、これは。

はじめてだ。

俺のハジメテを、奪われた。

「えへへ、明日頑張りますね！」

そう言って、ラテもポータルで帰った。

「……やられたな」

心がドキドキする。

これまでは師匠ポジションで心が静かだったのだが、今はとてもじゃないが冷静にはいられない。

顔が赤い。ああ、クソ。情けないな。

「……俺もダメダメだな」

体育祭の前夜、弱さを露呈してしまった。

体育祭本番まで残りわずかな時間、心臓の高鳴りを抑えて、俺は眠ることができるだろうか。

◆

「……眠れん」

その日の晩、俺は中々眠れずにいた。

当然だろう、なんたって明日は待ちに待った体育祭だし、それに弟子の1人にチューされたんだから。

DOUTEIの俺にとってチューなんて初体験だ。学生時代に男子生徒に間違ってされたことはあったが、それを覗くとガチのマジにはじめてだった。

男の唇も中々に柔らかくてよかった、唇という物はただ口についている紛《まが》い物だとチューをするまでは思っていたのだが、その男とのチューを重ねてからチューというものの重要性と付加価値を理解できた。

だがしかし、これまでに男とチューを交わしたことしかなかった俺だが、今回の女の子とのチューは男とは違う魅力があった。

男とのチューは野性味溢れ、なおかつ暴力的な快楽を所持していて、あんなものを味わってしまえば誰だってメスになってしまうのだ。

それに対して、女の子とのチューは甘いお菓子のような魅力を持っている。

男の濃厚なステーキのようなゴワゴワしたチューとは真逆で、スイートポテトやストロベリーショートケーキのように甘々な純情女子高生みたいなそんなチューであった。

男のチューも女のチューも、それぞれ別の魅力がある。

それはヒトによってどっちが良いとかは変わってくると思うし、それはそれぞれの素晴らしさを内包しているのでどっちが良いとかダメとかそんなことは決められないだろう。

だがしかし、今回はじめて女の子とチューをした俺にとって、とんでもない破壊力であったことに変わりはない。とどのつまり、今回の出来事はバクダン級の出来事だったのだ。

「眠れないな」

濃厚な初体験をしてきたので、正直なところ興奮しまくっていて眠ることができない。

明日はものすごく早いし、それに俺は吸血鬼でもないのに朝にものすごく弱いのでこのままではかなりヤベーイ。

週初めから夜更かしはさすがに避けたい。避けなくちゃ。絶対避けてやる。

「せ、せんせ……」

必死こいて眠ろうとしていると、コンコンっとドアを叩く音。

そして、聞き覚えのある女の子の声が。

「……カフェか？」

「……は、はい」

「どうしてこんな時間に？」

「そ、その……あ、会いたくて……」

なんだ、震えるのか？

彼女、そんな寂しがり屋だったか？

俺の眼にはコミュ力こそ少ないが、芯の強いサイキョー少女に見えたのだが。

「その……不安で」

「ああ、明日の試合か？」

「……はい」

なるほど、気丈夫な少女だと思っていたのだが、彼女も普通に少女だったという訳か。

なぜだかわからないが、すごく安心した。

カフェは初対面以降特に相談を打ち明けることもなく、普通に図太くてコミュニケーション能力が極めて低いだけのごく普通の女の子だと俺はどうやら勘違いしていたようだ。

そうだ、そりゃそうか。

カフェは図太いのではない。悩みを己の中に閉じ込めて、周りにわからないようにする、むしろ少し弱い女の子なのだ。

自分に自信が無くて、だからこそコミュニケーション能力が低くて、だからこそ悩みごとを自分の中に押し込めるのだ。

ああ、なんて俺は愚かなのだろうか。カフェの悩みに気づくことができなかった。

彼女が体育祭に対してここまで真摯に思いを燻らせていることなど、全く気づくことができなかった。保健室の先生なのに、ひどく愚鈍だったのだ。

「カフェ、ごめんな」

「え、え？」

「キミが体育祭に対して非常に臆病になっていることを、俺はまるで気づくことができなかったんだ。俺は保健室の先生で、生徒の悩みには誰よりも迅速に対応する必要があるというのに、全然対応することができなかった。本当に申し訳ない」

「そ、そんな!!　ぜ、全然だ、大丈夫ですよ！」

「いいや、キミが許しても俺は自分を許せない」

「うぅ……ほ、本当に、た、ただ少し不安だ、だっただけです……」

そう言い、カフェは俯いてしまう。

ああ、やはり俺はダメな先生だ。

自分の反省点を並べることで、逆に生徒を追い込んでしまうなんて。新米教員だからといって許される行為ではなく、そういったゆとりあることは俺自身が一番許せない。

「……悪い、俺の反省は気にしないでくれ」

「は、はい……」

「それで、キミはどういったことに対して悩んでいるんだい？」

大切なことは本質を聞くこと。

ヒヤリングとはこの世で最も大切なことの一つであり、同時にみんなが忘れていること第一位でもあるのだ。

誰かの話を聞いて、誰かの悩みを解決する。それは現代人が失いかけているものであるのに、現代人は自分の論を相手にぶつけて、それを押しつけて相手を洗脳することで問題を解決したと勘違いする。

だからこそ、ヒヤリングは最重要なのだ。自分と相手の共和制こそが、物事の解決に繋がる。

「そ、その……」

「うんうん」

「ぼ、ぼくの力で……本当に、か、勝てるかなって……」

「なるほど」

正直な話、予期していた。

カフェの自信の無さと、明日の体育祭での相談、この2つを混ぜることでカフェが何に悩んでいるかなんて、そんなことはすぐに出てくる。

なるほどなるほど、実に凡庸な悩みだな。突飛な悩みであっても非常に困るわけだが、しかしそれを抜きにしてもとても普通の悩みだ。

なるほど、やはりカフェはごく普通の女の子のようだ。

ごく普通のことで悩み、ごく普通のことで相談してくる。

気丈夫な少女というふうに評価していたのだが、どうにもこうにも俺の間違いだったみたいだな。

自分の中に悩みを閉じ込めるカフェだからこそ、こういったふうに悩みを爆発して俺に相談してきたときくらいは、マジメに真摯に相談に答えてあげよう。

それこそが教員の勤めであり、俺の仕事なのだから。

「きっとキミは「大丈夫、キミは十分強いよ」なんて言葉じゃ不安は拭えないんだろうね」

「ご、ごめんなさい……」

「大丈夫、キミは何も悪くない」

カフェの気持ちは痛いほどわかる。

俺も昔は自信が無くて、何を言われてもそれを信じることは難しかった。しかし、おばあちゃんの言葉だけは信じることができたのだ。

つまり、言葉とは言う人によってその重みが変わってくるのである。

「それでも俺は言うよ。「大丈夫、キミは十分強いよ」ってね」

「……ほ、本当ですか？」

「†殲滅の白魔術師†が言うんだよ？　信じてくれないの？」

「……ありがとうございます」

そう言って、カフェはトボトボと去って行った。

「やっぱり、俺はまだまだ未熟だな」

改めて、そう自覚する。俺はまだまだ新米教師であり、いくら彼女たちを鍛えた恩師であっても、その言葉の重みは薄いのだ。

これは年齢な問題ももちろんあるのだが、一番の問題は俺自身の経験年数だろう。

戦闘力的な意味では十分なものを持っているのだが、教師的にはまだまだ新米。そんなヤツの言葉など、中々信頼できるモノではない。

「……反省だな」

すっかりチューの興奮も冷め、俺は心に後悔を宿しながら入眠へ至った。

◆

「久しぶりだな」

先日、ヤオと戦ったコロッセオ。あれだけ広かったのだが、今は生徒たちですし詰めになっている。

体育祭の開会式だ。

生徒たちは表情を輝かせ、キラキラと希望に燃えている。青春を感じさせる、素晴らしい光景だ。

そして、しばらく待っていると――

「諸君、本日は我が校の体育祭開会式だ」

急遽作られた壇上に、魔王が上がる。魔王は我が校の理事長だ。

「魔王を目指す新進気鋭な若人たちよ、全力を尽くしてくれ。最強の座に君臨し、魔界に夢と希望を与えてくれ。全てはキミたちにかかっている」

と言い、魔王は壇上から降りた。

「――――」

同時に湧き上がる歓声。

魔王は魔界のヒーローだ。

たった1匹で魔物を引き連れ、これまでの人間に虐げられてきた歴史を変えようとしている、まさしく至高の救世主。

魔王がいたから、魔物は安寧だ。もしも魔王が魔物をまとめ上げてクーデターを起こさなかったら、魔物は今でも人間の奴隷同然の扱いをされていただろう。

そんな魔王を、みんな好きだ。

魔物の歴史を覆した最強のヒーローを、魔物たちは全員が愛している。

「感動的だ」

思わず、涙が溢れる。

人間社会では、ここまで人気のヒーローは存在しなかったのだ。

勇者も、国王も、騎士団長も。いわゆるトップクラスの人々でも、提示版に悪口を書かれたり、コソコソと陰口をされたりと、暗澹《あんたん》たる空気が蔓延していた。

だからこそ、感動している。全員が愛するヒーローというのは、俺の知る限り魔王がはじめてだ。

「やはり魔物だな」

人間を捨てて正解だった。沸き立つ歓声を聞いていると、その思いが湧き上がってくる。

◆

開会式は終わった。

生徒による選手宣誓。サポーター魔物の紹介。締めの言葉。

全てが終わった。後は体育祭を楽しむだけだ。

「お疲れ様です」

「あはは、どうも」

俺は魔王の特別ルームにやってきた。魔王の友人である、俺だけの特許だ。

「どっこいしょ」

ソファーに座る。

低反発で、すごく柔らかい。おしりを優しく包み込むとは、このことを言うのだろう。

ここからの景色は圧巻だ。

コロッセオ全体が見渡せ、目の前のガラスには魔術的処置が施されているので、注目したいところなどはズームが可能だ。

「キミはこの試合どうなると思う？」

「おもしろいことが起きますよ」

「ふふ、そういえば弟子を取ったらしいね」

「ええ、だからおもしろくなりますよ」

俺の弟子達が変えてくれる。

才能一強な側面があった体育祭を、凡人たちが成り上がってくれるのだ。

おもしろくなるぞ。今回の体育祭は、魔物の歴史を変えてくれるかもしれない。

「お、はじまったよ」

玉入れが始まった。


【第一種目：玉入れ】

魔ボールを籠に入れる種目。

魔ボールは生きていて、抵抗してくる。そして、籠からの脱出も図ってくる。

人間社会では死んだ魔ボールを使用したが、魔物たちは生きた魔ボールを使用するのか。ずいぶんとアメイジングだな。

「おお、すごい」

魔ボールが飛び交う様は、圧巻だ。

全員が全員、自分のチームの勝利を目指して、命を賭けている。

体育祭は基本的に個人種目だ。個々人がポイントを競って、頑張る。

しかし、団体戦もある。

団体戦では、団体全員にポイントが配布されるため、個人戦が弱い生徒にとっては、これが一番のポイントの稼ぎどころだ
「みんな輝いてますね」

「人間は違うのかい？」

「ええ、だらけてましたよ」

人間の体育祭は死んでいた。みんなやる気がなく、活気がない。

魔物の体育祭を見ていると、その高低差が激しすぎて耳がキーンってする。

「終わったみたいだ」

「ですね」

結果はAチームの勝利。

歓喜、落胆、悔恨。生徒は様々な反応を示す。

「青春ですね」

「だね」

こんな学生生活を送りたかった。青春に燃え、刹那の如く生きる日々を暮らしたかった。

「羨ましいです」

「……キミはもう戻れないけど、これから誰かの青春を応援することならできるよね？」

「……はい」

「なら、これからはサポーターとして、頑張ろうよ。ボクも応援しているよ」

魔王はそう言って、俺に微笑む。

「……ありがとうございます」

そんな魔王の言葉で、俺は震えていた。

体育祭は順調に進む。

団体行事は全て終わり、これから始まるのは体育祭で1番の人気種目である、【闘技試合】だ。

【第九種目：闘技試合】

生徒がタイマンで戦う競技。

戦闘服は体操服のみ。武器は何でも可。

降参・場外・戦闘不能のいずれかを満たすことが勝利条件。

「おお、カフェの試合だ」

コロッセオの中心にカフェがたたずむ。イモムシの胴体でドッシリと地面を踏みしめ、その表情は覚悟を決めている。

カフェの前には対戦相手。

上半身は人間、下半身はクモの蟲族の男。彼の名前はナビーシュ。【斧使い】の職業を勤める、生徒の中でも中々の強者である。

「どうなるかな？」

「勝ちますよ」

2人はすでに学園最強クラスだ。魔力は並みの生徒の数十倍、筋力に至っては数千倍まである。考えられる敗因は心の問題。臆病な心で怯えてしまったら、勝てる試合も勝てなくなる。カフェはその可能性が高い。なので、それだけが少し心配だ。

「がんばれ……」

祈ることしかできない俺は、ひたすらにカフェの勝利を願うのだった。

◆

勝敗は一瞬で決まった。

ナビーシュがカフェに襲いかかる。

手に持つハンドアックスは、カフェの脆弱なイモムシ胴を容易に切り裂くだろう。どれだけ鍛えても、イモムシ胴の硬度は上がらなかったのだから。

しかし、カフェは冷静だった。

場面を判断し、自身に付与魔術をかける。それは【鋼鉄化】と【筋力強化】の魔術。

すると、カフェは容易にハンドアックスを素手で受け止め、ナビーシュを放り投げた。

ナビーシュは場外負け。カフェの勝利だ。

「すごいね」

「ええ、鍛えましたので」

筋トレや魔術トレだけでなく、ラテと行った戦闘トレーニングや、滝に打たれた精神トレーニングの修行の効果も如実に表れている。

臆病ハートは、カフェから消えた。さすがは俺の弟子だ。

「キミのは指導の才があるのかもしれないね」

「そんなことないですよ」

俺はただ、おばあちゃんに鍛えられたことと同じように彼女たちを鍛えただけで、一切俺のオリジナルメニューなどはない。

おばあちゃんの教えと同じ事をしただけだ。

つまり、指導の才はおばあちゃんにあった。俺にそんな才能なんて無くて、全てはおばあちゃんがすごかった。

本当にそれだけの話だ。

「……そうか」

魔王は俺を見て、微笑んでいた。

◆

その後、ラテも対戦相手に勝利した。完全勝利だった。

「予想以上だね」

「俺も同じこと思ってますよ」

魔術さえも使用せずに、完封。

相手は鋼鉄の如き鱗を誇るリザードマンだというのに、ものともせずに心臓に直接衝撃を伝えた。

あの技は俺が教えた、『鎧通し』だ。

冗談半分で昨日教えた技なのだが、こんな短時間でマスターされると、さすがに困惑が止められない。正直、かなり驚いている。

魔術師としての才はあんまりだが、武闘武術の才能は天上天下だったようだ。

「キミの教えは素晴らしい。教師にスカウトして、正解だったよ」

「あはは、ありがとうございます」

自分の実力外のことを褒められると、背中がムズ痒くなってくるな。なんていうか、少々気持ち悪い。

　教えを遵守しているだけなのに。偉いのは全ておばあちゃんなのに。自分の手柄のように、俺は褒められる。

　弟子の成長は嬉しいが、心が苦しい。微妙な心情で、俺は試合を観戦し続けた。

　体育祭はどんどん進む。第一試合が全て終わり、舞台は第二試合へ。

「今回の相手は大変だよ」

「ですね」

　続いて、休む暇も無くラテの試合が始まる。

　相手は――ヤオだ。

　彼女は非常に強い。この学園でもトップクラスの実力を誇り、体育祭の優勝候補の1人にして挙げられていた。

「勝てると思う？」

「信じますよ」

　確かにヤオは強い。しかし、ラテも負けていない。

　1ヶ月間、必死に修行してきたのだ。

　才能では劣っているとしても、努力では決して負けていない。弱者の成り上がりが、ようやく実を結ぶときだ。

「がんばれ……！」

　粛々と、俺は静かに祈った。

◆

試合が始まった。

両者は動かない。

ヤオは腰を深く落として、居合いの構え。

ラテはファイティングスタイル。

両者は静かに、睨み合う。

「……」

「……」

高性能なガラスは両者の息を拾う。戦闘を行っているとはとても思えないような、静かな息遣いが、ガラスから聞こえてくる。

静かな時間が過ぎる。

1分、2分、10分。緊迫した空気の中、最初に動いたのはラテだった
「《危険な不死人《デンジャラス》》」

距離を取りながら、ラテは魔術を唱える。

それはどんな攻撃にも決して屈しない不死人を召喚するという、死霊魔術の中でもかなり高度に分類される魔術だ。

【――――ッッッ!!】

現れたのは5メートルを超える不死人。筋骨隆々で、明らかなパワータイプだ。

「────行け」

ラテは命じる。

【────ッッッ!!】

それに従い、不死人はヤオに目掛けて駆ける。

巨体に似合わず相当な脚力で、ヤオに駆け寄るその姿はまさしくホラーだ。夜中に襲われたら失禁する自信がある。

地面を砕きながら、ヤオへ駆ける不死人。

「黒髪の鬼人は不死人に蹂躙され、凄惨な終わりを迎えるのだろう」と、試合を見るほとんどの人が察する。

しかし、みんなわかっていない。あそこにいるのは、『ヤオ』なのだ。

そう──

「────」

ヤオは軽く刀を抜き、振る。

【────】

それだけで、不死人は細切れになった。

「……」

「……」

再度訪れる静寂。

予想外だったのだろう。ラテの表情に驚愕が深く表れる。

マズいヤバイどうしよう。まるで、そう聞こえてくる。

「どうなると思う?」

「かなりヤバイですね」

ラテの自慢の魔術が通用しなかった。

以前までのヤオ相手であれば、きっと対処できなかっただろう。どうやら、ヤオも俺との試合でかなり成長しているようだ。

ラテの最強の魔術が通用しないなんて、そんなこと全然想定していなかった。必殺の魔術が全く通用しなかった事実が、ラテの心をひどく焦らせているようだ。

このままではマズい。非常に、マズい。

「どうすれば勝てると思う?」

「……1つだけ切り札を渡しています」

こんなこともあろうかと思って、最強必殺の切り札を渡しているが、正直言ってアレは使って欲しくない。

「どうなるだろうね」

魔王は笑っている。

「ラテの判断次第ですね」

もしも何かあれば、俺が止めよう。そんなことを考えながら、俺は完全装備を着装する。

「楽しみだよ」

魔王は笑っている。

◆

ラテの劣勢だった。

魔力を使い果たしたラテは、特攻を仕掛けるしかない。遠距離攻撃を持たないラテには、愚直に突っ込む以外の攻撃手段が存在しないのだ。

しかし――

「――」

「ぐっ……ッ！」

全ての攻撃がいなされる。

切断だけは何とか免れているが、一切の攻撃がヤオへ届かない。全ての攻撃が、空を切っている。

「……その程度か？」

「!!」

「アルイ先生の弟子と聞いたが、まさかその程度で弟子を名乗っていたのか？」

ヤオに煽られ、ラテの耳がピクピクする。

「情けない。アルイ先生の名が泣くな」

ヤオは深くため息を吐く。

「――わかりました」

ラテは懐から一振りのナイフを取り出す。

「イチかバチか、最後の手段です」

ラテはナイフを――

――胸に突き刺した。

◆

勝敗は付いた。

勝者は――ラテだ。

「まさか、こんなことになるとはね」

魔王は深く抉れた闘技場を見て、呟く。

闘技場は先ほどとは大きくかけ離れ、ボコボコと一部がマグマのように熔解《ようかい》しており、熱気がえげつない。

客席も一部が倒壊してしまっており、被害者が担架でドンドン運ばれている。被害者のほとんどが血だらけで、痛々しい様子が確認できる。

ヤオも担架で運ばれた。

左腕が欠損していたが、魔物は再生能力が高いため、くっつけておけば治るだろう。

これらの惨劇は、ラテが引き起こした。

「ええ、俺も予想外です」


凄まじい効果だ。

俺が渡したアイテムは確かに強大なモノであるが、まさかここまで甚大な被害を起こすことになるだなんて、予想だにしていなかった。

ここが魔界で良かった。

人間社会であれば訴訟を食らって投獄されただろうが、魔界では派手さが全てなので、今回の件は逆に賞賛の対象となる。

「まるでギャグだね」

魔王は喜んでいる。こんな状況を見て、興奮している。

「ですね」

俺も実は興奮している。戦争を想起させるような、凄まじい現状に、興奮を抑えることができない。思考がドンドン魔物寄りになってきているな。

「キミの弟子には期待しているよ」

「ええ、ありがとうございます」

ラテは今ベッドで休んでいる。

2時間程度で完治するだろうが、今は脳を休ませて欲しい。オーバーヒートした脳では、全力を出すことなど叶わないだろうからね。

「最高だよ」

俺は静かに、そう呟いた。体育祭は、最高だ。

【昼食タイム】

「……」

魔王を睨みながら、うどんを啜る。

「……」

魔王を睨みながら、サラダを食べる。

「……」

魔王を睨みながら、ちくわ天を食べる。

「そんなに睨まないでくれよ」

と、魔王はステーキを食しながら言う。

モームース牛のステーキだ。

人間界では養殖に成功していない幻の牛で、一切れで金貨10枚というバケモノ肉である。魔界では養殖に成功しているので、もう少し安くなっているが、それでも高級食に変わりはない。

ゴージャス飯を食す魔王を睨む。俺は安いさぬきうどんだというのに。

守銭奴な俺が悪いのだが、それでも目の前で高級食を食べられると、腹が立つ。一方的な八つ当たりに近い。

「そう言えば、今回の体育祭はすごいね」

「……ですね」

優勝候補が俺の弟子にやられた。その激震は、魔界全体に広がった。

優勝候補に賭けていたカネ持ち魔物連中はすぐさま賭け直し、カネを持たない底辺魔物は俺の弟子《弱者》をとても応援しだした。

才能一強の体育祭の歴史が翻った。

弱者に優しい時が、弱者の成り上がりが、ようやくやってきたのだ。

「……いいことだと思いますよ」

「どうなるかな、これから」

「さぁ？」

この先どうなるかなんて、わからない。

しかし、1つだけ言えることがある。

「優勝するのは俺の弟子ですよ」

「どっちが優勝するだろうね」

「さぁ？」

カフェもラテも、実力は同格だ。

魔術ではカフェが勝り、体術ではラテが勝る。総合ステータスは若干ラテが勝るが、カフェにはそれを補うような発想力がある。

両者が決勝で戦った場合、どうなるかなんて想像もつかない。

「いい弟子を見つけたね」

「ええ、最高の弟子ですよ」

勇者パーティー時代では考えられないな。

ボッチで根暗な俺が女の子の弟子を取り、その弟子たちが魔界の体育祭で優勝まで成り上がるなんて、半年前では全然予想もしていなかった。

人間社会は才能とコネが全てだ。

どれだけ努力して最強になっても、どれだけ筋肉や魔術を鍛えあげても。才能が無ければクズ扱いされ、コネが無ければクソ同然だ。俺はそのせいで苦い思いをしてきた。

勇者に色々と横取りされたり、貴族にカネをだまし取られたり、王様に家を奪われたり。ゴミのような体験を、才能人の手によって味わってきた。

「アルイくん？」

「あ、すみません」

過去を想起して、暗くなってしまった。いけない、今は弟子の花舞台なのだから。

「そろそろ昼休憩が終わりますね」

「だね」

うどんを平らげ、俺は立ち上がる。

「行きましょう」

「おっけー」

俺と魔王は、部屋に戻った。

◆

体育祭はドンドン進む。

俺の弟子たちは試合を駆け上がる。両者とも準決勝も、難なくクリアした。

そして——

「キミの予想が当たったね」

「ですね」

コロッセオの中心に2匹の魔物。

「……」

片方は蟲族の少女。

イモムシの下半身を蠢かし、付与魔術で自身のスペックの向上を得意とする、おっぱいの大きな付与魔術師の少女——

——カフェだ。

「……」

片方は兎人の少女。

大きなうさ耳ときゃわわな尻尾を持ち、圧倒的な身体能力と若干微妙な死霊魔術で敵を薙ぎ倒す、おっぱいの大きな死霊魔術師の少女——

——ラテだ。

「キミはどうなると思う?」

「わかりませんよ」

こうなることはわかっていた。しかし、ここからはわからない。

両者がどのような結果をもたらすのか、どちらが勝利しどちらが敗北するのか、どちらを慰める必要があるのか。全く予想できない。

そして、つらいことが片方だけの応援なんてできないことだ。なので、俺はどちらも応援している。

「……」

「……」

ガラス越しに映る両者。

昨日まではあれだけ仲が良かったのに、今では歴戦の戦士のように鋭い睨みを利かせている。

「……がんばれ！」

そんな俺の弟子を、ひたすら応援する。師匠として、見届ける義務があるのだ。

◆

試合はヤバーイ。

カフェとラテの攻防は続く。

ラテのグーパンを【鋼鉄化】したカフェが受け止め、【筋力強化】したカフェのグーパンをラテは必死に避ける。

殴り殴られ、蹴り蹴られ。

それでも両者ともスタミナと根性は相当鍛えられているので、絶対に倒れることはない。地面がどれだけ血で赤く染められようとも、俺の弟子たちは絶対に屈しない。

そんな戦いを繰り広げて、早2時間。死闘はずっと、続く。

「すごいね」

「ええ、ですね」

修行時よりも、数段強くなっている。

戦闘が魔物の血を覚醒させたのだろうか。それとも、俺の知らない未知のパワーが目覚めたのだろうか。

何が起きたのかはわからない。しかし、1つだけ言えることがある。

それは——

「……素晴らしいですね」

俺の想像をはるかに超えてきた。

弟子の成長が、素直に嬉しい。自分の強化よりもずっと、ずっと嬉しい。

この後の展開が全然わからない。

両者とも実力は拮抗しており、どちらとも互角の力を誇っている。どちらが勝ってもおかしくない状況だ。

「おもしろいね」

「ですね」

心が躍る。弟子が死闘を繰り広げている状況に、心が滾ってくる。

「どうなりますかね」

未知の未来に期待をしながら、俺は試合を観戦し続ける。

◆

「……そろそろわたしもマズいです」

「……ぼ、ぼくもです」

ガラスから両者の声が聞こえる。

「…… 〝切り札〟を使いますね」

そう言って、ラテは懐からナイフを取り出す。

「……い、いいんで、ですか？」

「勝つためです」

そして、ラテはナイフを胸に突き刺す。

【――――!!】

瞬間、ラテが〝変わった〟。

ピンクの髪と白いうさ耳は黒く染まり、美しい青色の瞳も闇に堕ちる。ダラリと腕も下がり、口からはだらしなくヨダレが垂れる。

1番特徴的なのは、全身からあふれ出る障気だ。漆黒の明らかにおかしなオーラが全身から続々とあふれ出ている。

明らかにヤバーイ。

「……お、侵しましたね」

【―――】

今のラテからは『正気』は感じられない。どう考えても、『狂気』しかない。

ラテに渡したのは『ヤバーイナイフ』。

自分の心臓に突き立てることで、人智を越えた力を習得できる超便利グッズだ。しかし、使った瞬間に脳が刺激に耐えられなくなって理性を失ってしまい、目の前の物全てを破壊し尽くすというデメリットを持つ危険なアイテムだ。

制限時間は3分。

それを越えてしまうと、ラテの意識は強制的にシャットダウンしてしまう。これはラテのためを思って、急遽取り付けたシステムだ。

「……」

【―――】

普通に考えて、ラテの勝利だ。

今のラテは身体能力も魔力も、知性以外の全てのスペックが急上昇している。おそらく、俺でも止めることは困難だろう。

しかし、カフェにも〝切り札〟がある。

それを使えば、あるいは――

「……ぼ、ぼくだって！」

カフェは懐から3枚のせんべいを取り出した。

「い、行きますよ！」

ゴックンッ！

カフェはせんべいを飲み込む。

【――――!!】

瞬間、カフェが〝変わった〟。

金の髪は紫に、青い瞳は緑に変貌。イモムシの下半身にはジュクジュクと血管が浮き出て、非常にグロテスクな見た目に変わってしまう。

1番印象的なのは、温度だ。

カフェが変身したと同時に、コロッセオ内の温度が一気に下がった。温度計を見てみると、マイナス30度を示している。

【――――】

今のカフェからは〝正気〟は感じられない。どう考えても、〝狂気〟しかない。

カフェに渡したのは『ザウルスせんべい』。

太古にこの世界を支配していた〝恐竜〟の力を封じ込めた、恐悪なせんべいだ。身体能力を向上させ、暴れ出す冷気で敵を凍てつかせる最強のアイテムである。

しかし、使用すると強制的に暴走する。

太古の力を現代の生物が利用することは禁忌に等しい。とてもじゃないが、制御することなどできるわけがないのだ。

制限時間は3分。

それを越えてしまうと、カフェの意識は強制的にシャットダウンしてしまう。これはカフェのためを思って、急遽取り付けたシステムだ。

【――】

【――】

両者は完全に意識を失っている。ヨダレを垂らし、眼も死んでいる。

「使うしかないよな」

まさか、冒険者時代にダンジョンで見つけたアイテムを使用するときがくるなんて。しかも、弟子が使うなんて、思ってもいなかった。

両方とも危険なトリガーだが、俺が魔改造したため、危険性は薄れている。それでも、意識は失ってしまうが。

「どうなるかな」

「どうなりますかね」

試合の決着が、楽しみで仕方がない。

◆

〝狂化《強化》〟が切れるまでの3分、獣のように苛烈な戦いが繰り広げられる。

爪を立て、牙を剥き、鮮血を流す。そこに理性はない。

熱狂する観客。

魔物は派手なモノが好きなので、このように血湧き肉躍る戦いは大好物なのだ。何体かの魔物はあまりに興奮してしまい、泡を吹いて失神してしまった。

【――――!!】

【――――!!】

破壊しか感じられない戦い。女の子の身体が傷ついていき、コロッセオを破壊し続ける諍い。人間にとっては生理的に無理な人が多いであろう、残虐な戦いが繰り広げられる。

しかし、その時間はすぐに終わった。

「――――あ」

ラテの意識が蘇った。

「――――」

しかし、すぐに意識を失う。

【――――!!】

そんなラテを、カフェは場外へ蹴り飛ばした。

「――――」

次の瞬間にはカフェも意識を失い、バタンキュー。

「──」

「──」

試合場で倒れるカフェ。場外で倒れるラテ。

そう、勝者は──

「勝者──カフェ選手！！！」

審判員の判定が、壊れたコロッセオに響いた。

◆

体育祭は終わった。優勝者はカフェだ。

俺の回復魔術で早々に意識を取り戻したカフェは、緊張した面持《おもも》ちで壇上に上がり、魔王から祝勝の言葉をいただいた。ガチガチに緊張していたので、全然話は入っていなかったと思うが。

そして、今は打ち上げをしている。学生・教師、全てが入り交じったパーリーピーポーな打ち上げが、コロッセオで行われている。

「みんな元気だな」

そんな中、俺は1人保健室にいる。

薬の匂いがキツくて、白い壁が特徴的な保健室に、たった1人でいる。

パリピはしんどい。俺のような根暗ではとてもじゃないが楽しめるわけもなく、どうせ行ったところで蚊帳の外が末路に決まっているのだ。

それならば、最初からボッチを選ぶ。

ずっと1人で、ずっと孤独になった方が、心の安心感が強くて、静かに過ごすことができるのだ。

「……」

俺は1人、手記を綴る。

本日あったことを、日記に書こう。

『5がつ12にち　くもり
おれはきょう、たいへんでした！　でしたちがゆうしょうしてすごくたのしかったです！』

乱雑な字で、日記を綴る。

教養はあるが品がないので、俺の字は汚い。学生時代にさまざまな教師から注意されてきたが、どうしても治ることはなかった。

『すごくてすごかったです！　みんながんばってました！』

汚い絵とともに、日記を綴る。

絵心のない俺には、この程度のレベルしか描けない。昔は画家になりたかったのだが、母に才能がないと言われて断念した。

そう言えば、勇者からも貶されたな。

俺が楽しく書いているときに「ゴミみたいだね!!」と、俺の自信作をバカにしてきて、翌日に大量にコピーして色々なところに転載しやがった。

やはり無断転載はダメだ。俺は商業活動などは一切していないが、もしも俺が絵で食っている職種の方だったら、あの勇者の件は本当に腹が立っただろう。描き手にカネが入らないのは、クソだ。

「……それはいい」

とても大切な話だが、今はいい。

無断転載の話は、後でいい。

「楽しかったな」

俺は観戦する側だが、楽しかった。

生徒感の熱い戦い、熱狂する観戦者。

それら全てがベストマッチして、とても有意義な時間を過ごすことができた。

ああ、学生時代に戻りたい。

あの頃は学校全体が体育祭に乗り気じゃなかったのと、俺自身も斜に構えてクールを気取っていたという2つが噛み合ってしまい、体育祭を全く楽しむことができなかった。

叶うならば、もう一度だけ。あの頃に戻り、楽しみたい。

心の底から、そう願う。

「……過去は戻らないけどな」

どれだけ回復魔術を鍛えても、過去に戻ることは叶わなかった。

とてもかなしい事実だ。

「……はぁ」

溢れるのはため息。

青春をナイトメアモードで送った俺には、暗黒に満ちた日々を送ることしか、もう——

「せんせ！」

「先生！」

ガラガラと、扉が開いた。

◆

「どうしたんだ？」

彼女たちは優勝者と準優勝者。

間違いなく、打ち上げの主役のハズだが……。何故、こんな陰気な保健室にやってきたのだ？

「その……ね？」

「あ、合わなくて……」

はにかみながら、それぞれ告げる。

「……ふふ、なるほどな」

弟子は師匠に似るという。俺の弟子たちは、いらないところまで俺に似てしまったようだ。

陰気な女の子に育ててしまった。

パリピ空間を嫌う女の子に育ててしまった。

少しだけ、心が痛む。

「……それじゃあ、ゲームでもしようか」

「はい！」

「は、はい！」

しかし、晴れやかな笑顔を見ていると、後悔も薄れてくる。

過去には戻らないが、今は生きられる。

美少女の弟子たちとともに遊べる、パリピよりも幸せな時間を生きることができる。

それはきっと、過去に戻ることよりも、ずっと幸福だ。

「よし、ゲームスタートだ」

踊る気持ちを抑えられずに、チェスを開いた。

# 3章

# イキリ
# バイオハザード編

「ん?」

学校環境衛生調査で学内を散策していると、奇妙な細菌を発見した。

見たことのない形をしている。

かつて病院で研修生をやっていたことがあるため、かなりの数の細菌やウイルスを知っているのだが、それでもこんな細菌は知らない。

「新種か?」

新種の細菌やウイルスは時々湧く。

遺伝子の異常や突然変異によって、全く新しい生物が誕生するように、細菌やウイルスにも同じ事が起きるのだ。

特に魔界では、空気に含まれる障気のせいで、遺伝子の異常や突然変異が起こりやすい。これまでの調査でも、新種をいくつか発見した。

「調べてみよう」

白魔術師として、保健室の先生として。

生徒の安全を脅かす可能性を含む存在は、何人たりとも見逃したりはしない。普段は不真面目だが、生徒の安全のの時だけはマジメになるのだ。

俺は新種の細菌をスポイトで吸い上げて、ガラス管に入れる。

「帰って研究だ」

俺は保健室へと去った。

——今思えば

――まだ間に合ったのに

◆

【数日後】


今は1人だ。

弟子たちは授業に出ている。なので、ただいま1人チェスに興じている。

「失礼します！」

そんな中、1人の生徒が入ってきた。

顔面がムカデの蟲族の少年だ。首から下は人間で、カフェとは真逆のタイプだな。

「どうした？」

見たところ、外傷はない。身体はピンピンしていて、自信が溢れるたたずまいをしている。

何かの相談だろうか。

しかし、声もハキハキしていて、背筋も伸びている。明らかに何かに悩んでいる様子ではないのだが。

「相談なのですが！」

「うん」

なんだろうか。すごく元気なのだが。

「俺ってオタクなんですけど、やっぱイキトに似てませんか⁉」

……は？

困惑する俺を置いて、彼は続ける。

「ネタと思われるかもしれませんけど、マジでイキトに似てるって言われるんですよ！　自分では根暗だと思ってるんですけど彼女もいるし、退けない性格だしそこら辺とかめっちゃ似てるって言われて、正直困っちゃうんですよね！　握力も４２０キロあってクラスの女子にたかられちゃうんですよ！」

……待って、落ち着け。

イキトというキャラクターは知っている。

確か最近人気の小説、『ソードソードソードソードライン』に出てくる主人公だ。二刀流の天才であり、スターバリヤーストロームとかいう必殺技で敵を全て薙ぎ倒すキャラクターである。

一応、その小説は読んだ。

そして、率直な感想だが、彼とイキトは全く似ていない。そもそもイキトは鬼人の設定なので、蟲族の彼とはまるで違うはずだ。

「あ、彼女はスナナ似です、って聞いてないか！」

スナナはイキトの彼女だ。

一秒間に二千回も剣を振るうことができるという、むちゃくちゃな設定の女の子だ。その美貌から連日のようにクラスメイトから告白が耐えないという設定である。

そんなスナナ似の彼女か。とてもいいことだな。羨ましい。

「……それで、相談内容は？」

結局、相談がわからない。全力でイキるだけで、どんな相談があるのか、全くわからない。

「それに4年前の話なんですけど、ヤンキーに襲われちゃいましてね。あ、でもなんだか急に意識が遠のいて、気づいたときにはヤンキーの死体の山が――」

「あ゛ぁぁああ!!」

怒りのあまり、顔面パンチ。

彼はぶっ倒れてノビてしまったが、回復魔術をかけてしまえば、この程度であればすぐに治る。

クソ、全力でイキリやがって。

相談に乗ることは俺の仕事だが、くだらない話を聞くことは俺の仕事じゃないんだぞ。そこんところを理解できないなんて、本当に民度低いな！

「クソ……ん？」

回復魔術をかけようとすると、気づいた。

俺の眼は特殊で、人体に害を成す細菌やウイルスなどには、即座に反応することが可能なのだ。

「これは……？」

彼の口から細菌が出ている。

数日前に見つけた、新種の細菌が。

「……まぁいい」

俺は細菌ごと、彼を治療する。

「……？」

「目が覚めたか」

「あ、先生……どうして、俺はここに？」

「？」

彼は何を言っているんだ？

頭を殴ったせいで、記憶が飛んだのか？

「まぁ、いいや……。先生お疲れ様です」

「あ、ああ。お大事に」

そう言って、彼は保健室を去った。

「……嫌な予感がする」

細菌を駆逐する前と後の落差。なんだかわからないが、とても嫌な予感がしてきた。

「研究が必要だ」

早急に取りかからなければ。

ぼっちチェスを止め、俺は新種の細菌の研究に取りかかった。

◆

最悪なことがわかった。

あの細菌は、魔物を〝イキらせる〟。

あの細菌の罹患者は自身を『ソードソードソードソードライン』の主人公、イキトに酷似していると自負しはじめる。そして、周りにそれっぽいウソエピソードとともに、自身がどれだけイキトとの相違点があるのかについて、語り出すのだ。

語られた魔物は、その時点で感染する。

エピソードを耳にするだけで感染してしまうなど、前代未聞のウイルスである。そして、患者と化した魔物はさらに自身のウソエピソードとともに細菌を広げるという、一種のバイオハザードが起きてしまうのだ。

事実、学園の魔物の過半数が感染した。

何故か鬼人には感染しない事だけが救いだが、この学園のほとんどの生徒・先生があの細菌に感染してしまった。

そう、それはカフェとラテもだ。

保健室に来るたびにイキリエピソードを語る彼女たちを見て、俺の心はとてもかなしい。

俺はこの細菌――〝イキリ病〟の撲滅を願って、徹夜でワクチンを制作しているのだが……いまだに開発には至らない。

回復魔術では一時的な治療しかできない。時間が経つと、再度イキリ病に感染してしまうのだ。

これにはもっと、研究が必要だ。

そんなことを考えながら、俺はイキリ病に屈した患者たちを、哀れみながら過ごしている。

いつの日か、イキリが無くなることを信じて。

「イキトかなーやっぱり！　自分は思わないんだけど周りにイキトに似てるってよく言われる‼　こないだヤンキーに絡まれた時も気が付いたら意識無くて周りに人が血だらけで倒れてたしな‼　ちなみに彼女もスナナに似てる、って聞いてないか‼」

「俺もオタクだけど魔力数が一万を越えてるし、そのせいで魔王様から直々パーティーに呼ばれたからな!! あと、イキトにも似てるし、ソードソードソードラインの作者にサインも貰ったし!!」

「ちなみに俺もなんだけど、今から4年前にヤンキーを倒しちゃったんですよ。その時の記憶が無くて、俺意識を失ってたみたいなんですよね。俺、これでもオタクですよ?」

「……」

イキリが蔓延している。

すれ違う生徒・教師のほとんどがイキリと化していて、自身のウソイキリエピソードを早口で語っては、そのたびにドヤ顔で自己満に浸っている。

未だに特効薬は完成しない。イキリ病を研究して、さまざまな臨床実験を行っている。だが、イキリ病は俺の想像以上に複雑で、まだまだ謎が多い。

完成まで、1ヶ月はかかりそうだ。しかし、そんな悠長なことをしていると、イキリ病は学園外まで侵攻するだろう。今は何故か学内だけで留まってくれているが、それがいつ崩れるかなんて、誰にもわからない。

「……早く治さなければ」

本日で10徹目。

身体は警鐘を鳴らし、常時クラクラしている。気を抜くと寝てしまいそうだ。

しかし、眠るわけにはいかない。ここで眠ってしまうと、俺は後悔する。

みんなが病魔と闘っているのに俺だけが惰眠を貪るなんて、そんなこと許されるわけがない。お医者さんは患者のために命を燃やすべきなのだ。

俺の戦いは、終わらない。

◆

「……うおっ」

16徹目、倒れそうになった。

「……そろそろ限界か」

これまでは何とか頑張れたが、そろそろ俺の肉体は限界なのかもしれない。少しでも目を閉じてしまうと、意識を失ってしまいそうだ。身体の震えや動悸などは尋常では無く、まるで〝死〟が隣に付き添っているような感覚である。

保健室の先生をしながら、イキリ病の特効薬の制作。

両者の両立は、難しい。

「……熱まで出てきた」

徹夜は身体を悪くする。俺の身体は日に日に弱っている。

「少しだけなら――――」

「アルイ先生!!」

ヤオが保健室に入ってきた。

彼女には俺の補助を頼んでいる。鬼人で身体も強い彼女はイキリ病にかかることも無く、イキリ病の研究に役に立つ鬼人の細胞などの採取にも応じてくれる。

まさしく、最高の補助だ。

こうして俺が自分に甘えて寝ようとすると、まるで予期していたかのように、それを妨害してくれる。

「……どうかしたか？」

「イキリ病の温床がわかった‼」

「……何？」

イキリ病の温床だと？

それはつまり、イキリ病が生まれた原因を知るチャンスになるな。ワクチン制作の糸口になるかもしれない。

「詳しい場所は……。いや、その前にアルイ先生には休憩してもらった方がいいか」

ヤオは俺の心配をしてくる。

「……大丈夫だ」

「しかし──」

「俺の身体は俺が1番理解している」

白魔術師の保健室の先生だぞ？

自分の身体が限界なことくらい、とっくに理解している。

しかし、それでも。生徒に心配をかけるわけにはいかない。

教師はドシッと構えていなければならないのだ。生徒の前では精一杯、イキらなければならないのだ。

「……連れて行ってくれ」

「……ああ」

ふらつく身体に気合いを入れて、俺はヤオの後を追った。

◆

「ここか」

連れてこられたのはコロッセオ裏の倉庫。今は使われていない、古い倉庫だ。

「この中からイキリ病が？」

「ああ、どうやら生まれているらしい」

そう言いながら、ヤオは手にしたアイテムを見る。

ヤオが手に持つモノは『病原菌発見機』だ。さまざまなウイルスや細菌を探し出すことができる優れもので、俺が開発した道具の1つである。

「……わかった、入ってみよう」

細菌の温床なんて、嫌な思い出しかない。

研修医時代に上の方々から下水道の調査を頼まれたり、冒険者時代に『インフルエンザの温床』の疑いのある山に調査に向かわされたりと、本当に、散々な思い出しかない。

だが、これで解決するかもしれない。出所がわかれば、イキリ病の治療方法が判明する可能性だって、十二分に考えられる。これまでがそうだったのだから。

俺は自分の心をイキらせて、扉を開いた。

「……ふが？」

そこには――

「……賢者か？」

勇者パーティー時代の仲間、〝賢者〟がいた。

さぬきうどんを食べながら。


【賢者】

勇者パーティー時代の仲間だ。

魔術に長け、パーティー1の火力役。回復魔術も使えるので、比較された。

見た目も俺よりもずっとイケメンなので、とてもじゃないが俺に勝ち目なんてなかった。

俺と同じく根暗で、勇者を妬んでいた。

しかし、火力が高いため、勇者には好かれていた。そのことが更に俺をイラ立たせているのだが。

そんな勇者のお気に入りの彼が、何故こんな汚い倉庫にいるんだ。

「賢者、答えろ」

「あ、ああ、あ」

「どうしてここにいる」

「ああ、あ、ああ」

質問しても、賢者は答えない。ヨダレを垂らし、さぬきうどんを食べるだけだ。

普段の彼からは到底考えられない。

認めたくないが俺よりも賢くて、ずっとカッコよかった。コミュニケーション能力は皆無だったが、才能と風貌で女性からはかなりモテていたのだ。

そんな彼が、アホみたいにさぬきうどんを啜っている姿を見て、かなりのショックを受けている。

「アルイ先生……」

「様子がおかしいな」

明らかに異常だ。

〝かしこいもの〟で〝賢者〟なのだ。

今の彼からは知性を欠片も感じることができず、どう見てもアホ丸出しである。とてもじゃないが、賢者らしさは感じることができない。

それに、ここがイキリ病の温床だという点にも、いくらかの疑問が生まれてしまう。

イキリ病とアホ賢者。この2つには、何か関係性がありそうだ。

「……質問には応じないのだな」

「あ、ああ、あああ、あ」

賢者はアホ回答。

「……わかった」

それならば、強行突破だ。

「悪く思うなよ」

俺は賢者の頭を掴む。賢者は無抵抗だ。

「《秘密《イクタ》》」

俺は賢者の記憶を覗いた。

◆◇◆◇◆

【賢者の記憶】

「な、なんでだ！」

深い森の中、賢者が叫んでいる。

目の前の好青年に対して、声を上げる。

「物理攻撃がいいよね」

金髪の好青年——勇者は告げる。

「魔術攻撃なんて、邪道だよ」

勇者の言葉を聞き、賢者からは様々な感情が溢れてくる。

怒り・哀しみ・嘆き。マイナスな感情が、賢者から溢れる。

「みんなボクに同意見だよ」

勇者の言葉に、戦士・武闘家・盗賊は首を縦に振る。

「黒魔術師も、白魔術師も、リストラしたよね？」

そう言って、勇者は賢者の肩に手をポンッと乗せた。

「魔術職は、ボクには合わないんだよ」

勇者は続ける。

「僕が好きなのは、物理攻撃だ。圧倒的な殴り合いこそが全てなんだよ！　白魔術師も筋肉はあったけれど、あれは色々とクソだからね。あいつは嫌いだったな」

勇者は続ける。

「つまり――キミを追放する」

と。

「あ、ああ、あ」

賢者は失禁する。かつての俺のように。

「だけど、黒魔術師のように自害されることも、白魔術師みたいに魔王側につかれることも、どっちも気分が悪いからね」

勇者は続ける。

「だから、ボクはキミにイジワルをするよ」

勇者は賢者の頭を掴む。

「キミの知能を吸い取るよ。きっと目が覚めるとチンパンジー並みの知識しかないだろうけど、頑張ってね」

そして、勇者は――

「《簒奪《ローグ》》」

――賢者の知識を吸い取った。

「あ、ああ、ああ――あああああ‼」

賢者の知能が吸い取られる。〝叡智の塊〟と呼ばれた偉大な頭脳が、勇者に奪われていく。

「すごい知識だね。いけないことを思いついたよ」

全てを奪った勇者は悪い顔をする。

「キミには爆弾になってもらう。危険な細菌を撒き散らして、魔物を混乱させる爆弾にね」

そして勇者は――

◆◇◆◇◆

「……胸クソ悪いな」

イキリ病は賢者の魔力を媒介にして作られた、人工的な病だった。

自動魔力回復の特性を持つ賢者は永久的にイキリ病の細菌を生み出し、知能がチンパンの彼はそのことに気づかずに、ひたすらさぬきうどんを魔術で生み出して食べるだけの日々。

人をイキらせて、自分は生きているだけ。

死んでいないだけで、ただただ生きているだけの日々なんて、そんなものに価値はない。

「悲しいな」

回復魔術に知能の復活はない。

脳の再生などは可能だ。しかし、概念的に知能を奪われたのであれば、それを取り戻す方法は存在しない。

奪われたモノは取り戻せないのだ。彼には悪いが、ここで死んでもらおう。

勇者の駒として永遠に細菌を生み出し続ける毎日など、彼に知能があったらとてもじゃないが耐えきれないだろうからな。

「……悪く思うなよ」

俺は槍で――彼を殺した。

◆

「……安らかに眠ってくれ」

彼の死体を裏山に埋めた。

魔物の地を彼は好かないかもしれないが、勇者を信仰する人間社会も嫌だろう。

彼を殺したことにより、彼の身体からイキリ病は生まれなくなった。

死んだら、生きられないからかな。

「……しかし」

3つほど疑問が残る。

【1つ】何故、彼は倉庫にいたのか
賢者が倉庫にいたことは不可解だ。

人間が魔界にやってくるのは、ものすごく難易度が高いからな。戦時中の敵国家に侵入することなど、普通に考えると厳しい。

ましてや、知能を奪われた彼ではほぼ不可能のハズ。

【2つ】何故、『イキリ病』なのか
賢者の潤沢な魔力を使用すれば、即死の毒を蔓延させることなど、可能なハズ。賢者の知能を奪い取った勇者であれば、その程度のことはすぐに思いつくはずなのだが。

【3つ】何故記憶を覗けたのか。

知能を失った賢者の記憶を、一体何故覗くことができたのだろうか。普通に考えて、知能を失ったのだから、記憶も消えたはずなのだが。

「……」

「アルイ先生」

「あ、ああ」

まぁいい。イキリ病のワクチンの開発に取りかかろう。

イキリ病の温床は破壊したが、イキリ病の蔓延までは止められていない。

賢者から生まれていた。それがわかっただけで、今は十分だ。

とりあえず、今は保健室に帰還して、ワクチン制作に取りかかろう。眠気も賢者の悪辣な記憶を覗いたことによって、消し飛んだ。

俺は保健室に戻った。

◆

イキリ病のワクチンが完成しない。

あれから数日、徹夜の毎日が続く。賢者の血を採取し、ヤオの血を採取し、イキリ病の研究を進めているが、一向にイキリ病のワクチンが完成しそうにない。

完成まで近いところにはいる。

しかし、何故だろうか。完成まではあと一歩届かない。

あと、もう少しで完成しそうなのだが、その〝もう少し〟が中々に遠い。〝もう少し〟に手が届かないのだ。

あと、少し。もう少しなのだが。

「アルイ先生……！」

「あ、ああ、悪い」

「わ、私はいいのだが……」

気がつくと、ヤオのおっぱいに挟まれていた。柔らかい枕のようなそれの中で、俺は完全に気を失っていた。

研究途中で意識を失ってしまったのだろう。生徒に手を出したような形になってしまい、人間社会では訴訟の対象になってしまう行いだ。ここが魔界で良かった。

「どのくらい寝ていた」

「数分だ」

「そうか、遅れを取り戻そう」

俺はヤオのおっぱいを離れる。

「少し休憩しても――」

「ダメだ」

数分の遅れは、大ダメージだ。少し、ほんの少しと心が怠けてしまうと、それが重なって、いつしか抱えきれない負荷となってしまう。

俺はそれを、1番知っている。

あまり時間がない。イキリ病は今でも学園に蔓延していて、いつ学外に広がる事になってもおかしくない状況だ。俺が休んだ時間だけ、魔物がイキってしまうのだ。

「ワクチン作成に戻ろう」

「……わかった」

ふらつく身体を気合いでイキらせて、俺はワクチン作成へと戻った。

◆

「……そうか」

あれから数日、ようやくわかったことがある。

【1つ】賢者が倉庫にいた理由
賢者の血を研究していく内に、より繊細な記憶を覗くことに成功した。

どうやら、賢者は勇者の手によって、強制的に《転移》させられたみたいだ。普通であれば魔界

いだ。

に転移することなど不可能なのだが、勇者は国中の魔術師を利用して、《極大転移》を展開したみた

【2つ】『イキリ病』の理由
こちらも記憶を覗くことで判明した。
勇者は即死の猛毒を流布することも可能だった。
しかし、勇者は魔物の混乱を望んだようだ。魔物たちがイキリ、勝手に自滅する様を愉悦の表情で見ることを、望んだようだ。

【3つ】賢者の記憶を覗ける理由
こちらも同様。

勇者は賢者から知能を奪った。

普通に考えると記憶も消え去るはずなのだが、勇者は俺を煽るためにわざと記憶だけは覗けるように、賢者の身体を改造したらしい。事実、賢者の身体には手術痕がいくつもあった。

「……そういうことか」

勇者はどうやら、俺の絶望を望んだらしい。

ヒントをたくさん与えられているのに、答えにはたどり着けない俺の姿を見て、ほくそ笑むことが勇者の望みのようだ。今も千里眼で俺を見ているのだろう。

しかし、勇者は過ちを犯した。脳筋の勇者は必要以上の記憶を残してしまったのだ。

「……答えが導けた」

賢者の記憶の最深部に、答えがあった。

イキリ病ワクチンの開発にもっとも重要となる、最大級の答えが。

「つ、ついにか……！」

「ああ、行こうか」

俺とヤオは向かう。

〝魔王〟の元へ。

◆

【魔王城】

荘厳な王座に、大男が座っている。

暗黒の鎧を纏い、紅の魔眼で俺たちを見つめる、魔物の王。

彼は――

――魔王。

「やぁ、久しぶりだね!!」

フランクに話しかけられた。

しかし、その飄々とした態度とは裏腹に、彼は魔物のトップに君臨する、最強最悪の魔物である。

片手で山を崩し、睨むだけで湖を蒸発させ、口からの業火で大陸を炎の渦に巻き込む。この世界に住む人間の誰もが恐れる、究極の魔物である。

「久しぶりですね」

魔王とは、最近遊んでいない。

最新のゲームをしようと1ヶ月前に誘われたのだが、仕事が少し忙しくてキャンセルした。あの後、用事が終わってから俺の方から誘ったんだが、今度は魔王の方が忙しくなってしまった。

俺たちの都合は基本的に合わない。

なので、こうやって魔王に謁見できるだけでも、奇跡の産物という他ない。

「今日は何をして遊ぶんだい!!」

瞳を輝かせる姿は、子どものそれ。

そんな魔王の姿を見て、心の中の少年がうずき出す。魔王と遊びたがる。

しかし——

「今日は遊びに来たんじゃないんだ」

「……なんだ」

子犬のような表情になる魔王。見た目と態度で高低差がありすぎて、耳がキーンってなりそうだ。

本題に入ろう。

「魔王様、今学園である病気が流行っています」

「ほう、それはなんだい?」

忙しい魔王は学園の現状を知らないのか。

基本的に仕事に追われていて、今の俺以上に多忙だもんな。今の俺も相当しんどいけれど、魔王はそれ以上に疲れているように伺える。

「〝イキリ病〟という病です。自分のことを『ソードソードソードソードライン』の主人公、イキトに酷似していると自負しはじめて、周りにそれっぽいウソエピソードとともに、自身がどれだけイキトとの相違点があるのかについて、語り出すっていう病です」

「めんどくさい病気だね」

全くその通り。

「そして、この病は勇者が作成しました」

「ほう、宣戦布告かな？」

「ええ、程度の低い煽りですよ」

本当に幼稚な勇者だ。今度あったら、鼻をもいでやる。

「〝勇者〟は〝魔王〟と対極の存在。勇者が作った病だったら、魔王の力で打ち消す事が可能なハズです！」

「なるほど、だから我の血が欲しいと？」

「はい！」

超速理解で助かる。

「我の血はそんなに安くないのだが」

魔王は懐からナイフと杯を取り出す。

「未来明るき生徒たちのためならば、いくらでも捧げよう」

リストカット。おびただしい量の黒血が杯へと入っていく。

「さぁ、これで生徒たちを救ってくれ」

杯を俺に渡してくれた。

「ありがとうございます、魔王様」

「……今度は一緒にゲームしようね」

「ええ、もちろん」

仮面越しの笑顔と杯いっぱいの血を授かり、俺たちは学園へと戻った。

◆

「魔王様かっこよかった!!」

「そうだね」

「すごくクールで！　すごくナイスで！」

「うんうん」

ワクチン開発の隣でヤオが魔王について、褒めちぎっている。

「魔王様！　ああ、さすがです!!」

普段のヤオからは想像つかない姿だ。

魔王学園に通う生徒の中で、魔王に憧れていないモノなどいない。全ての生徒が魔王に憧れ、魔王のようになりたいと願い、この学校に入学してきたのだ。

ヤオも魔王ファンの１人だ。

どうやら話を聞くかぎり魔王公式・非公式のグッズをたくさん集めているようで、同人グッズも作成している様子。『魔界コミケ』での大手でもあるようだ。

魔王との謁見は心底嬉しかっただろう。

これまで公式グッズや同人グッズ、そして時々ある体育祭などのイベントくらいでしか見ることができなかった魔王と謁見できたのだ。ヤオは興奮のあまり固まっていたが、喜びが隣にいてヒシヒシと伝わってきた。

「魔王様は本当に――」

何日も徹夜しているので神経が磨り減っていることに加えて、難解な作業をしている。普通は隣でやかましくされたらブチ切れるだろう。

しかし、ヤオからは愛を感じる。魔王様ラブを感じるので不快感は無く、むしろＨＰゲージゼロに等しい精神が回復していくような感じさえする。

「魔王様はすごくて――」

ヤオは魔王を讃えることができる。

俺はそれを聞くことで捗る。

一石二鳥とはこのことだろう。両者にＷｉｎ―Ｗｉｎだ。

「しかも最後のキュートな魔王様は――」

「うんうん」

◆

【２時間後】

「あ」

ついに――

「できた」

ワクチンが完成した。

「これで良し」

ワクチンを粉末状にして、ボトルにイン。ボトルを振れば、効果が更に高まる。

まさしく、フルボ――

「アルイ先生」

ヤオもワクチンを背負っている。

赤・白・黄色、さまざまなボトルを背負い、気合十分といった様子だ。

「ああ、行こう」

ワクチンは完成した。さぁ、学園を治療しよう。


「ブルァアアアアア！！！」


ワクチンを散布する。

ボトルを振り、蓋を開けて、適当に辺りへとばらまく。粉と化したワクチンは風に乗り、イキリ罹患者たちに吸引されていく。

徹夜明けなので、テンションが高い。

一周回って、異常なほど元気が良い。理由はわからないが、ウルトラハッピー！

「やっぱイキト――――あれ？」

「彼女はスナナに――――ん？」

「スターバ――――おや？」

ワクチンを吸引した魔物が我に戻る。

イキリではなくなっていく。

「成功だな」

「ああ、みたいだ」

この調子でワクチンを流布しよう。

学園の全てのイキリを消し去るために、俺はワクチンとともに学園を駆ける。

この調子で全生徒の治療が済めばいいのだが。約2名、非常に厄介な生徒がいる。

――覚悟を決めよう。

◆

「ちょっと待って!!」

「フヒヒ、デュフ、コポォ」

食堂でさぬきうどんを啜る2匹の魔物。

片方はうさ耳の少女。

少し通りがかっただけの男の子に告白されたやら、隣のクラスの男の子から「一目惚れしたから下僕にしてください」と言われたやら、しょうもないウソエピソードをドヤ顔で語っている。

そう、ラテだ。

片方は下半身がイモムシの少女。

めちゃくちゃオドオドした話し方でラテに答えている。いつもとあまり変わらない気がするが、言葉の節々は明らかに気色悪くなっている。

そう、カフェだ。

2人はイキリ病に感染している。

しかも自身をイキトと自称するのではなく、イキっているのかも微妙な新たなタイプのイキリ病に感染してしまっている。

「……効くかな」

このタイプはカフェとラテだけだ。

それ以外の魔物は全て、イキトタイプのイキリ病に感染している。女性だろうがショタだろうがロリだろうが、全ての魔物がイキトタイプのイキリ病に感染しているのだ。

全く意味がわからない。

同種族の種族はイキトと化しているのだが、カフェとラテだけは毛色の違うイキリ病に感染している。その理由を何度も探ろうとしてきたが、全て失敗してきた。

ワクチンは効くだろうか。このタイプが進化したイキリ病だとしたら、もしかすると通用しない可能性がある。

しかし――

「やらないとな」

俺は構える。弟子にワクチンを与えるために。

「行くぞ」

俺は弟子を鍛えすぎた。

ワクチンを空気銃にばらまいても、弟子たちはワクチンを軽く躱してくるだろう。彼女たちの身体能力を持ってすれば、空気中の塵を全て躱すことくらい軽いのだから。

ワクチンを与える方法は1つ。口から直接ワクチンを流すことだ。

「ちょっと待って、先生わたしたちと戦うんですか！　馬車教習所でいきなりイケメンに「あなたの馬になりたい」って言われたこの私と戦うんですか！」

「フヒヒ、そ、それはウソが過ぎますな。フヒヒ。デュフ、コポォ」

イキリながら、弟子たちは俺たちを睨み付ける。

言動はふざけているが、実力は確かだ。

「アルイ先生、大丈夫か？」

「ああ、1人で大丈夫だ」

ロープと槍を装備する。

「イキることもたまには必要だが、少なくとも今ではない。増長と偽りは自らを破壊に追い込むこともあるんだよ。先駆者からの助言さ」

睨み――

「いつものゲームじゃない。これより、オペを執行する」

と、告げた。

「その程度かい？」

弟子たちは強い。

身体能力も、魔力数も、戦闘経験値も、学生の中ではもっとも優れているだろう。体育祭で優勝したのは運でも何でもなく、間違いなく実力なのだ。

ヤオも強い。

あれから更に鍛えたと自称しているし、何だったらヤオは元から才能に溢れて相当強かった。才能溢れるヤオが更に鍛えたのだから、その実力は学園でも最強クラスだろう。

しかし、ヤオは勝てない。

弟子たちもあれから更に修行を重ねているし、イキリ病には戦闘能力を向上させる作用がある。この2つがベストマッチした結果、弟子たちは教員ですら手懐けることが困難なほど強くなってしまった。

だからこそ、俺1人で十分だ。

「ちょっと待って！　わたしが愛した先生がちょっかいかけてきて、わたしのことをボコボコにしてこようとしてくるんですけど！」

「フヒ、ほ、本当松、デュフ」

弟子たちは強い。

しかし、俺には勝てない。

いくら徹夜続きからくる睡眠不足で身体がボロボロであっても、いくら身体に蓄積している疲労がヤベーイ状態であっても、いくら視界がかすれていたとしても。

俺が負けることはない。

21年間鍛え続けた肉体は、こんなところで負けるほどヤワではないのだ。

「おら！」

槍でカフェを小突く。

ぷよん。

イモムシ胴に触れたら、そんな感触が。

槍越しに伝わってきた、この感触は――

おっぱ――

「フヒヒ、どうして、付与魔術で強化された身体に、ダメージが効くのでござるか？？？」

興奮はさておき。

「この槍は魔力特攻を持っている。爆弾攻撃さえ通じない超装甲だろうと、魔力で構成されているのであれば、俺の槍は切り裂いてダメージを与えるよ」

自分でもめちゃくちゃだと思う。

「覚悟しろ」

槍を向け、告げる。

「患者の運命は――俺が変える」

と。

◆

争いは一瞬で終結した。

カフェとラテは近接ファイターだ。

ラテの方は職業的に中、遠距離こそが1番得意だと思うのだが、種族的にはガチガチの脳筋族である。

だからこそ、対策は容易かった。

動きは速いが、槍でダメージ・魔術で拘束。そうすれば、簡単に捕獲できる。閃光もシビレも落とし穴も、特殊なアイテムは捕獲には必要ないのだ。

「すごいなアルイ先生！」

「そうかな」

「脱兎の如く動き回るカフェとラテを最小限の攻撃と魔術で動きを封じ込め、その後に槍で腹を突くことで無力化するだなんて、そんなことアルイ先生にしかできない!!」

「あはは」

そりゃあ、鍛えてますから。弟子を止められなくて、何が師匠だよ。

「さて」

ボトルをカフェとラテの口に無理矢理ねじ込む。

「ほら、ワクチンだ」

口の中でボトルを振る。そして、ボタンを押してワクチンを噴霧する。

「……ん」

「……あれ？」

「やっと目覚めたか」

「せんせ？」

「どうしたんですか？」

よかった、イキっていない。

新種の症状だったので心配したが、どうやらワクチンは通用したようだ。

「とりあえず、保健室で寝ておいで」

「はい……？」

「わ、わかりまし、た？」

カフェとラテはトボトボと保健室へと向かっていった。

「さて、残りの生徒を治療しよう」

「ああ!!」

俺たちは他の患者を探しに向かった。

◆

ワクチンの流布が終了した。

学内のイキリ病は全滅し、イキリ患者たちは正常になった。

カフェとラテも、健康になった。

意味不明なイキリは治り、ベッドに横たわるのはいつもの彼女たち。

「……すみません」

「……ご、ごめんなさい」

ベッドでシュンとする彼女たち。

「いや、悪いのは勇者だ」

全ての元凶は勇者だ。

賢者をイキリ病の温床にして、学内にイキリバイオハザードを蔓延させた悪の権化。学内の魔物たちはそんな勇者が流行らした病に踊らされただけの、悲しきピエロ。

彼女たちは悪くない。何も、悪くない。

「全て勇者が悪い。キミたちをあんな風にイキらせたのは、全て勇者のせいだ。できることならば、魔王になるために勇者への憎しみを抱き続けてくれ」

勇者へのヘイトを溜める。

「全ての悪は勇者だ。あいつがいるから魔物仲間が死ぬし、あいつがいるからこの戦争はいつまで経っても終わらない」

続ける。

「勇者は悪だ。キミたちも魔王を目指すのならば、勇者への憎しみの心を忘れないでくれ」

ふふふ、これでＯＫ。

「……勇者のせいですか」

「……ぜ、全部勇者のせいで、ですか」

彼女たちは俯いている。

「人間にも色々な種類の奴がいる。もちろん、いいヤツも悪いヤツもそうじゃないヤツも、千差万別だ」

続ける。

「人間を憎むことはキミたちの自由だ。彼らは多くの魔物と同じように悪いヤツばかりで、右を見ても左を見ても、犯罪ばかりを犯している。だからこそ、いいヤツが輝いているんだけどな。だからこそ、人間を憎むことは各々の判断に任せる」

続ける。

「だけど、勇者は憎むべきだ。彼はキミたちの同胞を何人も殺してきたし、今回の事件のように嫌がらせを得意とする。勇者だけは絶対に許してはいけない」

と。

「……確かに」

「ぼ、ぼくたちも魔王を目指す身として……ゆ、勇者は憎むべきですかね？」

「ああ、憎しみを抱くべきだよ」

魔王を目指しているのだから、それに間違いはないだろう。

「先生もパーティーを追放されたんですよね？」

「ああ」

俺は勇者パーティーを追放された。

個人的な恨みが強いが、こうやって愛する生徒たちや微妙に仲が良かった気がする賢者を侮辱されると、怒りが更に強まる。

「……それは許せませんね」

「で、ですね！」

静かに震えるラテ。

怒りを燃やすカフェ。

「……わたし、魔王になって勇者を殺します！」

「ぼ、ぼくもです！」

と、彼女たちは言う。

「そうか、頑張ってくれ」

魔王になれるのはたった1匹。彼女たちはお互いにライバルとなるのだが……。今だけは、仲良く憎しみを抱いてもらおうか。

「あ、ありがとうございました！」

「ありがとうございます！」

「ああ、お大事に」

彼女たちを見送り——

「ヤオはどうするんだ？」

先ほどから棒立ちのヤオに問いかける。

「……もう少し、ここにいる」

彼女も魔王を目指す者。きっとカフェとラテの熱意に、何かを感じているのだろう。

「騒がしくしないのなら、いつまでもそこにいていいよ」

ベッドに寝転ぶ。

「おやすみ」

久しぶりの睡眠だ。

今なら、いくらでも——

俺の意識は、秒で途絶えた。

「アルイ先生、お疲れ様」

——ちゅうっ

# 4章

# クッソ日常編

「先生！　今日泊まりませんか!!」

カフェと将棋をしていると、勢いよく保健室に入室してきたラテが、大きな声で俺を誘ってきた。

「へ？」

「ど、どうですか!!」

どうって言われてもな。

教員が生徒の家に泊まるのはマズいだろ。

人間界でこんなことがバレてしまえば、マスコミたちが連日連夜押しかけてくる間違いなしだ。

魔界ではわからないが。少なくとも、ＯＫではないだろう。

「い、いいんじゃないですか！」

と、カフェ。

目は相変わらずキョドっているが、何故だか熱意をひしひしと感じる。

「い、いいのかな？」

「ふ、不純なことがな、無ければＯＫだとお、思いますよ!!」

そうなのか？

「ら、ラテちゃんもこ、こんなに勇気を出してい、言ったんですから！」

お、おう。

「ど、どうですか……？」

ラテは上目遣い。

少し涙を浮かべていて、嗜虐心をすこぶるいじくりまわす表情だ。俺は特殊な性癖を持ち合わせていないので、全然嗜虐心など存在しないのだが。

「いいよ、もちろん」

肯定。

ここは人間界ではないので、捕まったりはしないだろう。

それに、俺はラテよりも年下だ。魔物の成長スピードと人間を比較することはかなりナンセンスなのだが、そんな風に考えないと俺の人間的な考え方がこの状況を否定したがる。

「――――!!　!!」

ラテは飛びはね、俺の手を掴んでくる。

「今すぐ！　さぁ!!」

「待って、仕事があるから！」

まったく、テンションが上がったラテはすごくパワフルだな。そんな姿もかわいいのだが。

「わかりました！　校門で待ってますね!!　!!」

と言い、ラテは保健室を去った。

「ふふ、元気だな」

「お、応援し、してますよ！」

「ありがとう」

感謝感激雨あられ。ありがとうの精神は大切だ。

◆

「大きな家だ」

ラテの家は豪邸だった。

フカフカのベッド。モフモフの絨毯。厳つい鹿の頭。

俺のボロアパートとは比較にならない。

THE・カネ持ちハウスといった風体の、とんでもない豪邸に俺はお呼ばれされてしまった。

「どうぞ、粗茶です!!　!!」

「う、うぃっす」

クソザコボイスが口から溢れる。

いつものイキリ童貞保健室の先生は完全になりを潜めて、実家に帰ってしまったようだ。俺の実家は7年前に火事で全焼したけど。

そして、出されたのは高そうな紅茶。

いつもジャンキーな炭酸ジュース《スパークリング》しか飲まない俺にとって、こんなクソ高そうな飲料水は生まれてはじめてだ。

コップも高そうだし、どうしよう。俺みたいな貧乏人が飲んだら、舌が爛《ただ》れてしまうかもしれない。

「い、いただきます……」

グビッ
「────な、なんだこの味!!」

服が弾ける。

あまりの美味しさに、服が化学反応を起こしてしまったのだッッッ!!

「きゃ、きゃー」

すっごい棒読みだ。なんていうか、ど素人感がパない。

「……まぁいいか」

どうせ安物だ。『しもむり』でのセールで買って、以来2年間ずっと着てきたが、特に愛着などは抱いていない。

「なんか、ない？」

「わ、わたしの服なら……」

ＪＫの衣服を纏う男性。職業：教員。

これは犯罪臭がプンプンしてくる。

だが、上半身裸はまずい。男だが、まずいものはマズい。

「こ、これです！」

「あ、どうも」

問答無用で渡されたのは白シャツ。

制服で使用されているごく普通の、白いシャツが渡されてしまった。

渡されたのだから着なければ。これは犯罪ではない。しゃーないね!!

男性　お着替え中
「ど、どうかな？」

さすがにサイズが合わなくて腹チラをしてしまうが、なんとか着ることができた。

華奢な身体でよかった。

いい匂いがする。とても甘い、安心する香りだ。

って、さすがにヤバイか。

「えへへ、似合ってますよ!!」

「ＭＪＫ」

ＪＫの服が似合う成人男性。

ヤバイ、ナニカに目覚めてしまうかもしれない。開いてはいけない門を開いてしまうような、そんな予感がする。

……いや、待て待て。この扉は開いてはいけないだろう。

「えへへ、いい匂いですか？」

「ああ、とて——そんなこと思ってない」

マズい、見透かされている。

あまりにも魔性の女感がする表情で、俺を見つめてきて……エロい！

あかん、ほんまにあかん。いや、マジで。

「うふふ、かわいいですね……」

ラテが俺に近づく。

大きな胸を腕に当ててくる。豪華な家で女の子がくっつく。

なんていうか、エロい。

「……ずっと好きですよ」

「まだ答えられないよ」

「いつまでも待ちますよ」

「……ありがとう」

生徒の衣服を着て、ラブコメ。

色々な人に怒られるかもしれないが、俺はこんな日がずっと続けばいいなぁっと思ってしまった。

◆

その日、俺はエロを見た。

「おほー!!」

テンションMAX!!

湯が滴る少女と、偶然出くわしてしまった!!

「な、な、な!!」

風呂上がりの少女は手で胸を隠す。

その表情が真っ赤になって、非常に愛くるしい。しかし、残念だ。

「す、すまない!!」

ハッと我に返る。この状況はマズい。

後ろを振り返り、ダッシュ。即座に、この場を後にした。

俺、白魔術師アルイ！

どこにでもいる21歳の男性！

ラテにラッキースケベしちゃった!!

「本当に申し訳ない」

迂闊だった。

まるで少年のように屋敷を冒険していると、風呂上がりのラテとバッタリ出会ってしまったのだ。

ラテは本当に素晴らしかった。

圧倒的に若くピチピチの肌は誰だって撫でてみたくなるし、完璧なプロポーションは性別問わず見る物全てを虜にする。

服の上からでも十分すごかったが、脱ぐとさらにすごかった!!

「い、いえ、大丈夫ですよ！」

「だが、俺はとんでもないことを――」

「せ、先生だから大丈夫です!!」

抱きついてくる。

パジャマの下には何も着ていないようで、結構ナマっぽい感触が腹部に当たる。

童貞だけど。

「い、いつか、もっと奥の方まで見てもらうんです！　こんなところで恥ずかしがるなんて、そ、そんなことあり得ませんよ!!」

と、顔を朱に染め、言う。

「……そうか」

ここで否定などしない。そんなことをしてしまうと、人として教師としての信用が失われてしまう気がするからだ。

覚悟を決める時が来たのかもしれない。

嫁入り前の女性の裸を見てしまったのだ、男としてやるべきことは1つだろう。

いや、そんなことは言い訳に過ぎない。

いい加減、自分の心に素直になるべきだ。

「……そうだったんだな」

ああ、ようやくわかったよ。

これまでは教師だという立場とこれまでのトラウマから、見ない振りをしていたのだが、ラテなら大丈夫だ。この子がいい子なことは、俺が一番知っている。

自覚した感情は加速する。動悸が激しくなり、顔が火照る。

だからこそ、伝えよう。特殊な環境が、俺に勇気と覚悟を与える。

伝えるなら、今しかない。

「……ラテ、まだキミの気持ちに応えることはできない。キミは学生なのだから、教師と色恋に励むことは教師としては応援できないんだ」

「……はい」

シュンとしている。

「だけど、答えは決まったよ」

「えっ？」

ずっと前から気づいていた。

「卒業後、答えるよ。良い知らせをね」

「────!!」

ラテが強く抱きついてくる。

そっと、頭を撫でる。

「待っててね」

いい加減、認めよう。最初から知っていた、この感情を。

俺は────ラテが好きだ。

◆

思えば、ひとめぼれだった。

ラテがはじめて保健室にやってきたあの日、恋愛相談を受けたあの日からだ。

人を好きになったことはある。

だいたいが〝悪女〟と呼ばれる人種で、恋に落ちるたびに騙されて心が荒んでいったが。

もう、恋はしない。そう固く誓ったのだが、ラテの姿を見たら考えが吹き飛んでしまった。

しかし、認めたくなかった。

これまでの経験から、俺は恋に臆病になってしまった。〝悪女〟の方々から味わった経験が、ひどいトラウマになってしまったのだ。

だが、ラテなら大丈夫だ。

彼女は俺を騙したりしない。彼女は俺を愛してくれる。

これまでのラテの言動から、俺はラテを信じることにした。

「えへへ」

肩にもたれ掛かってくるので、撫でる。

絹のようなピンクの髪は、柔らかい。

耳もふわふわで、触っていて飽きない。

平和とは、このことだろう。

好きな人とゆったりと過ごす時間、それこそが世界平和への第一歩なのだと思う。

「そう言えば、いくつか聞いてもいいかい？」

「ええ、もちろんです！」

ラテが強く抱きつく。恋する童貞に１００のダメージ!!

「ど、どうして俺を好きになったの？」

「理由なんてないです。『気がつくと、好きになっていた』ありきたりな言葉ですけど、本当にこの言葉の通りです」

なるほど、俺と同じか。

「それじゃあ次、なんでこの屋敷には誰もいないの？」

屋敷はデカい。まるでどこかのお城並みに。

しかし、従業員はいない。

それどころか、カフェの親らしき人も見当たらない。

「この屋敷にはわたしたち以外いませんよ？」

「理由を聞いても？」

「数千年前に魔界へ侵攻してきた勇者軍によって、わたしの家族は全員殺されてしまいました」

……。

「……ごめん」

「いえ、これから家族を増やせばいいので大丈夫です！」

カラリと、ラテは笑う。

「……キミは強いね」

「強い奥さんの方がいいですよね！」

「……ああ、最高だ」

魔物はシビアだが、強い生き物だ。

それを未来の俺のお嫁さんから、再度認識させられた。

◆

【深夜2時】

俺は全く眠くなかった。

「……ダメだ」

数時間ベッドで寝転んでいるが、ちっとも眠気が襲ってこない。カフェインをキメたわけでもないのだが、全身の細胞がドキドキワクワクしている。

動悸が激しい。

その理由は単純で、となりでラテがスヤスヤと寝ているからだ。

この屋敷は広いが、客室がない。

なので、俺はラテの部屋で、ラテのベッドで、ラテと共に、眠ることになったのだ。

「眠れるわけもないいか」

恋を自覚してしまったのだ。

好きな女の子の隣で眠れるわけがない。こんな状況で眠れる者は、相当にメンタルがマッチョなヤツくらいだろう。

俺のメンタルは普通。

ホラーものを見て悲鳴を上げる程度の、ごく普通のメンタルしか持ち合わせていない。

「……外に出よう」

このままジーッとしていると、心臓が破裂してしまいそうだ。

ラテを起こさないように、ソーッとベッドからの脱出を図る。

シーツも動かさずに。

「……ふへッ」

眠るラテを見て、思わずにやつく。

どんな夢を見ているのだろうか。少なくとも悪夢ではないことは、その楽しそうな表情を見るだけで推測できる。

……いかん、21歳がＪＫに恋をしているだけでもマズいのに、就寝中の姿を見てニヤニヤと気味の悪い笑みを見せるって、普通に犯罪だ。

以後、気をつけよう。

俺はベッドを出た。

◆

「いい夜空だ」

ラテハウスの中庭。

白い花がたくさん生えていて、真ん中には青いベンチが佇んでいる。そして、視界の端には人工的な滝が備え付けられていて、カネ持ち臭がヒシヒシと皮膚を打つ。

虫は一匹もいない。花も乱れていない。

所々周回している小型ゴーレムたちによって、この庭は整備されているようだ。

「どっこいしょ!!」

ベンチに座る。

鉄製なのでさすがに冷たいけれど、何故かおしりにジャストフィットした。

「本当に、恋はしんどいな」

これが恋なのか。

俺の数少ない友人が、〝恋まじ卍〟と言っていたが、その気持ちがようやく理解できた。

俺はラテが好きだ。だからこそ、壊れてしまいそうだ。

これから先、ラテの気を引きたくて、から回ってしまうことが増えるだろう。

「俺の中にも、まだ純情さんは生き残っていたんだな」

ずっと前に、失ったと思っていた。

これまでの人生で削られ穢されてきた俺が、まだこんなピュアな感情を持っていただなんて。それでも、俺を構成する感情物質の3分の2は不純でできているのだろうが。

素直に嬉しい。純情な感情が生きていて、嬉しい。

「先生はずっと純情ですよ」

振り向くと、ラテがいた。ニコニコと、いつもの笑顔で。

「いたのか」

「後を付けてました」

「悪い子だ」

「嫌いですか？」

「嫌いだったら、肩は預けないよ」

「えへへ」

隣にラテが座る。頭を預けてきたので、撫でる。

「出会ったときから、ずっと水晶のようにキレイでしたよ。優しく輝いていて、わたしたちの未来を暖かく占ってくれる人でしたよ」

ラテは続ける。

「だからこそ、不安でした。その水晶の輝きが曇って砕けてしまわないか、そうならないことを何度も願ってました」

ラテは続ける。

「だけど、先生は強かったです。何度も砕けそうになる心を頑張って抑えて、わたしたちを応援してくれて……そんな先生だから、わたしたちは好きになっちゃったんですよ」

ラテは俺の頬に――――チュー。

「好きですよ、先生」

「悪い子だ」

「えへへ、悪い子です」

俺の不眠症が加速する。

ただでさえ、慢性的な睡眠障害を煩っているのに。

だけど、こんなかわいい子と一緒にいられるのなら、睡眠不足でも構わないか。

保健室の先生だが、そう思ってしまう。

「ああ、ダメだな」

俺は本当に、ダメなヤツだ。

【翌朝】


「お、おお……」

日光が俺たちを照らす。

ベンチのせいで身体はガチガチ。結局眠ったのが午前3時なので、眼もシバシバする。

睡眠不足だ。身体がさらなる惰眠を欲して、叫んでいる。

しかし――

「えへへ、おはようございます……」

寝ぼけ眼を擦るラテ。

薄いネグリジェからは大きなお胸が零れそうで、極めてエロスティック。本当に、ヤバイ。

しかし、そのおかげで目が覚めた。

エロは身体を健康にする。睡眠不足に参っていた心と身体が、覚醒した。

「……すぅ」

2度寝に堕ちるラテ。

俺の膝の上で、スヤスヤと寝息を立てている。

そう、〝膝の上〟で。ラテの後頭部には、俺の股間のジョニーが息を潜める。

「……無心無心無心無心無心」

性欲を抱いたら、俺の負け。

できるだけ精神を落ち着かせるために、素数を数える。

「3・1415 92……」

これは素数でない気……。まぁ、いいか。

この後、めちゃくちゃ頑張った。

◆

【数日後】

「それでは、行きますよ魔王様」

「ああ、いつでもかかっておいで」

ラテハウスで恋を自覚してから数日後、俺は魔王と〝戦闘ごっこ〟に興じていた。

閑散としたコロッセオ。

魔王が魔術でさっき作った、完全オリジナルの決戦闘技場だ。魔王の几帳面な性格を表すかのように、細部も非常に端麗で手抜きは一切ない。

ここまで繊細な魔術は初めて見た。

俺のガサツな魔術なんか相手にならないほどに美しく、機能美に溢れている魔術だ。俺が女の子ならば、きっと惚れているところだろう。

「〝戦闘ごっこ〟なんて、懐かしいですね」

「うん、そうだね」

「童心に帰りすぎて、本気になっちゃうかもしれませんよ？」

「それは我もいっしょだね」

魔王を倒す可能性もゼロではない。

魔界に来てから弟子たちを鍛えたが、俺だってかなりレベルアップしているのだから。

「それじゃあ」

「うん」

かくして、〝戦闘ごっこ〟が始まった。

あくまでも〝ごっこ遊び〟だ。

子どもが無邪気に棒を振り回すような、憧れたヒーローを演じて楽しむような、そんな〝ごっこ遊び〟。

しかし、成り立つのは子どもだからだ。

力がない弱者である子どもだから〝ごっこ遊び〟の範疇に留まるのであって、俺たちのような強者の大人が〝ごっこ遊び〟に興じてしまうと――

「魔王様、冗談パないっすね!!」

「これでもセーブしてるんだけどね」

すでにリプログラミングを施している。そのため、魔王は魔術を使用できない。

だがしかし、魔術が扱えなくとも、魔王は強大だった。

「適当な棒を振り回すだけで、コロッセオ内に竜巻を発生させるなんて、魔王様ホントめちゃくちゃですね!!」

俺は今、竜巻で飛ばされている。

「こんなこと、誰でもできるよ」

「んなわけあるかいな!!」

少なくとも、俺はできない。

その辺に落ちていた木の棒を振り回して、轟々と回る竜巻を発生させるなど、鍛え上げられた肉体を持つ俺であっても、不可能だ。

「《重いプライド《バゴーンソウ》》」

魔術によって、俺の周りの重力を操る。

そうすることで、竜巻の中であっても地に脚を着けることに成功した。

「さすがだね」

「嫌味ですか」

「いや、素直に感動したんだよ」

「さようで」

これでようやくマトモに戦える。

竜巻がビュルルルとやかましいが、そんなことはどうだっていい。

槍を構える。クルクルと回して、調子に乗りながら。

「今度はこっちから行きますよ」

「うん、期待しているよ」

「後悔しても知りませんよ————ッ!!」

ダッシュ。

突き、突き、突き、突き。

幾度も突きを繰り返す。時に捻りながら、時に愚直に。

何度も、何度も突く。

「すごい速さだ。回復職でここまでできるヤツは、そういないと思うよ」

魔王は全て避ける。

槍はかすりもせずに、空を切る。

「クソッ、なんでだ!!」

「魔王だからね。そんな攻撃は一切通用しないよ」

突く。

外れる。

突く。

外れる。

「魔術が使えなくたって、このくらいはできるよ。魔王なんだから、鍛えてるに決まってるでしょ？」

クソ、クソ!!

「それでも、キミはすごいよ。キミが施したリプログラミングは、我の力を持ってしても解くことができないからね」

魔術を禁止しても……ここまでとは！

「身体能力も魔術も申し分無しで……我のスカウトは間違ってなかったね」

突く、突く。

外れる、外れる。

「どうして……どうして勝てない!!」

「他のゲームでは勝ってるじゃないか」

「そうじゃない!!」

ムカつく。

イラつく。

腹立つ。

元々は勇者パーティーなのだ。

今は人間に失望しているが、別に魔王に服従した訳ではないのだ。

心の底では、魔王を倒したいと思っている。それは今も昔も、変わらない。

勇者たちへのヘイトももちろんあるが、だからといって魔王への闘争心が折れたわけではないのだから。

「クソ……クソ……」

チャンスだと思った。

基本、勇者しか魔王との戦闘は許されない。

魔王は暇ではないのだから。

だからこそ、チャンスだと思った。

これを利用して、魔王を倒そう。

そして、新たな魔王となり勇者を倒そう。

そう画策したのだが……うまくいかない。

「チェスでも、将棋でも、キミは我に勝った。こんなくだらないゲームで負けても、別に悔しくなんかないだろう？」

いや、違うな。

魔王を倒すチャンスだと思ったのは正しいが、ここまで悔しいのは違う。魔王打倒の感情など、今は持ち得ていない。

俺よりも優位な奴がいる事が許せない。今、俺の心を覆うのはそんな幼稚な感情だ。

天才ゲーマーとしてのプライドが、俺よりも強いヤツの存在を否定しているのだ!!

「────まだ負けてない!!」

そうだ、俺はまだ負けていない。

こう見えても、元は勇者パーティーなのだ。

今は劣勢なのだが、きっとこの後に勝利の女神が力を貸してくれたり、隠された未知の力が覚醒したりする。そんな未来がやってくるに違いない。

「らアッ!!」

攻撃を緩めない。

何度も、何度も、突く。

〝諦めなければ、夢は叶う〟

おばあちゃんが、そう言っていた!!

「残念だ」

魔王が槍を掴む。

「楽しいゲームも、いつかは終わる」

魔王が拳を握りしめる。

「ゲームオーバーだ」

魔王は拳を――


その日、俺は魔王に負けた。

白い天井の下で目が覚めた。どうやら俺は病院にいるみたいだ。

「……俺は負けたのか」

「うん、惨敗だね」

「ひどいですね」

隣で座る魔王はニコリと笑う。

鉄仮面越しの笑顔は非常にわかりにくいが、どうやら勝利を勝ち誇っているようだ。なんとも度し難いヤツだな。

時計を見ると、ただいまの時刻は15時。戦いからざっくり3時間経っている。

こんなに眠って夜眠れるだろうか。

「俺は弱かったですか?」

「いいや、相手が悪かったね」

「……自分で言いますか」

「魔王だからね」

俺はかなり強い。

自惚れでは無く、ソースのある強さだ。だが、魔王は俺の想像以上の強さだった。

リプログラミングは効いた。

魔術も通用したし、魔王はよくあるチートの類い……例えば、常時無敵などのブッ飛んだスキル等も所持していなかった。

しかし、負けた。

チートなどでは一切ない。普通に、俺は負けてしまった。

「どのくらい鍛えたら、あなたに届きますか？」

「ある意味では、我に勝ってるよ」

「全てに勝ちたいんです」

「それなら、ざっと1年くらいだよ」

1年修行しただけで魔王に並ぶのか？

いやいや、そんなバカな。

実際に魔王と戦った俺だからわかることだが、魔王の実力は俺よりも遥かに格上だぞ。

例えるなら、レベル1と99。

悪いが1年修行した程度で追いつくなんて、とてもじゃないが思えない。

「キミは元々かなり強い。そして、教師になってさらに才能が開花している。そんなキミだからこそ、1年程度の修行で我に追いつけると踏んでいるのさ」

鵜呑みにはしない。

「そうですか。精進します」

「信じてないね」

「信じられるわけないですよ」

「まぁ、1年後に判明することだ」

そう言い、魔王は立ち上がる。

手にしたタンポポを花瓶に入れて。

「じゃあ、また遊ぼうね」

そう言って、魔王は部屋を去った。

◆

「……寂しい部屋だ」

魔王との戦いは秘密裏に行われた。

なので、生徒たちは俺がこうやってボロボロになって病院でダウンしていることを知らない。そもそも3時間しか経っていないため、試合が公に行われたとしても駆けつけてくれるかはわからないが。

お見舞いがないと、こんなにも寂しいのか。

いつもの愛すべき生徒たちがいないと、こんなにも寂寥感に襲われるのか。

「俺も弱くなったな」

あの頃は孤独でも、構わなかった。

仲間は必要ではなく、孤高に生きて戦うことが俺の全てであり、俺に残された唯一の生き方だった。

あの頃の俺は強かった。

守るべきモノはほぼ皆無に等しく、自分の明日のために戦う日々。敵を穿ち敵を屠ることで賃金を得る、†殲滅の白魔術師†はそうやって毎日を生き抜いてきた。

しかし、今は違う。

「守るべきモノが増えちゃったな」

今は、自己中に生きることが許されない。

守るべきモノがたくさん生まれてしまった俺に、かつての傭兵のような生き方は許されない。敵を穿ち敵を屠ることで賃金を得るような野蛮な生き方は、†殲滅の白魔術師†ではなくなった俺には許されないのだ。

これからは守るべきモノのために戦わなければならない。

「……あ」

そういえば、おばあちゃんが言っていた。

〝自分のために生きる愚か者になるんじゃない。そんなヤツよりも守るべきモノのために戦うヤツの方が強いのだから〟と。

「……そういうことか」

今なら理解できる。

あの頃は意味不明だったおばあちゃんのセリフの真の意味が。

「……俺、強くなれたかな」

実力は衰えたかもしれない。しかし、心は強くなれたのだろう。

総合的に、俺はあの頃よりも強くなったに違いない。

「……1年で追いつこう」

あの頃よりも強くなった俺なのだから、魔王に追いつくのも時間の問題だろう。

「ありがとうおばあちゃん。俺、がんばるよ」

おばあちゃんの言葉が勇気になった。

やはり、人生の要所要所で頼りになるのはおばあちゃんのセリフだな。

「……これから、がんばろう」

今の俺は、負ける気がしない。

◆

「どうしてこうなった」

コロッセオに俺はいる。

「我が校の風習じゃい！」

「ワレ、そんなことも知らんかったんかい！」

「あ゛ぁ゛?」

目の前にはヤベー不良が3匹。
・金髪リーゼントのグリフォン
・ツーブロックのスライム
・虹色のグラサンをしたリザードマン
彼らはヤンキーだ。

学内でも数々の暴力事件を起こしてきて、〝問題児〟の烙印を押された札付きの〝ワル〟である。

「……まじわからんのだが」

そんな彼らと俺が、何故に戦うことになったのだろうか。理由は未だにわからない。

退院後に、すぐさま矢文が飛んできた。

そこには『学内の伝統に従い、キサマには我々不良と戦ってもらう』という内容が。

「テメエ、マジで知らねえのか?」

「ホント、モグリかよ」

「あ゛ぁ゛?」

彼らは懇切丁寧に説明してくれた。
・長期休暇をした教員は不良と戦う
・理由は強さが下がっていないかを測るため
・もしも負けたら、学園を去ってもらう
「なるほどね」

クソのような伝統だな。

しかし、弱肉強食社会の魔物らしい。

自分よりも弱いヤツなんかに教えを乞いたくないという気持ちは、少しだけわかる。

ヤンキーと戦う理由も理解できた。

おそらくだが、ヤンキーの更生も兼ねての伝統なのだろうな。さすがのヤンキーでも、メッタメタにやられてしまえば更生せざるを得ないのだから。

「いいだろう、キミたちと戦ってやるよ」

装備を召喚する。ローブに槍。俺の最強装備だ。

「おいおい、チョーシに乗るなよ？」

「俺らは〝霜降りニシン〟の尖兵だぜ？」

「あ゛ぁ゛？」

〝霜降りニシン〟……ダッサイ名前だな。俺なら、〝燻製毒リンゴ〟とかにする。

しかし、魔物にもヤンキーのグループなどがあるんだな。

陰キャなのでよくわからないが、人間界にも似たようなグループがあった。

「先生がんばってください!!」

「せ、せんせ、お、応援してます!!」

「頑張ってくれ!!」

弟子たちが観客席で応援してくれている。

基本的にこの伝統は関係者以外立ち入り禁止なのだが、彼らはヤンキーなりに何かを察してくれたのだろう。弟子たちの観戦を許可してくれた。

しかし、かわいい弟子たちだ。

退院直後にすぐに家に駆けつけてくれたし、栄養満点のにんじんスティックだって食べさせてくれた。

「ああ、頑張って勝つ――――ゴホゴホゴホッッッ!!　!!」

咳。

「おいおい、病み上がりかよ!!」

「病人は寝て死にな!!」

「あ゛あ゛?」

なんだこの不良ども。チープな煽りは普通にムカつくな。

「確かに俺は病み上がりだが、あまり大人を舐めるなよ?」

槍をクルクル回し、構える。

「実験を始めよう」

これより、俺の復帰試合が開幕した。

◆

結論から述べると、勝敗はすぐに付いた。

ヤンキーは基本的に一般学生よりも実力強者が多いが、それでも教員には遠く及ばない。

「だらぁあああああ!! !」

「おらぁあああああ!! !」

「あ゛ぁ゛ぁ゛ぁ゛!! !」

ヤンキーたちはそれぞれパンチをしてくる。

とても鋭くて速い、良いパンチだ。大抵の敵であれば、倒せるだろう。

だが、彼らは不幸だ。相手は†殲滅の白魔術師†なのだから。

まずはグリフォン君から治療しよう。

「グリフォン君、せっかく四本足なんて個性を持っているんだから、それを活かした方がいいよ」

俺は彼の前脚を掴み、巴投げ。

グリフォンの彼は首から下がライオンだ。そのため極めて強靱な脚を持っている。

おそらく、鋼鉄くらいならば豆腐のように軽く裂くことが可能だろう。

しかし、ヤンキーに憧れた彼は人間のように無理に後ろ脚で立ち上がり、前脚でパンチをしてくる。

非常に勿体ない行動だな。

「ぐえっ」

「痛いね、後で治すよ」

クチバシから落ちたグリフォン君。

自分の体重が一気にダメージとしてクチバシを襲ったはずだが、クチバシはヒビすら入っていない。相当に強靭なクチバシだな。

だが、首のダメージは免れなかった様子。

変な方向を向いているが、後で治せば問題はない。

「よくも!!」

「残念だけど、届かないよ」

スライム君のパンチを軽く受け止める。

流体にしては中々に重い拳だ。

彼はスライム界の逸材だな。

スライムの彼は身体を人間のようにしている。

アメーバのような不定形の身体を持つため、自身の肉体を自由自在に変えることができる彼ならではの戦闘方法だ。

しかし、人間の身体はダメだな。

獣のように非常に強靭な体躯を真似るのであれば、身体を変形させる彼の作戦は通用するだろうが、人間の身体では対策が練られやすすぎる。ヤンキーに憧れたのであろうが、彼の作戦は大幅に無意味と言わざるを得ない。

「ほれ」

「ぐぎゃ!!」

ぶん回し、彼を地面に衝突させる。

勢いよく地面にぶつかるが、流体の彼にはダメージが通らないはずだ。

なので――

「収容するには、水筒だ」

懐から取り出した水筒に、彼の身体を収容する。

「――――!!」

「大丈夫、後で解放するよ」

キュッと蓋を閉め、その辺にポイ。

彼には悪いが、スライムへの安全な対抗策はこのくらいしか思いつかないのだ。

「あ゛あ゛あ゛あ゛!! !」

「キミが一番強いね」

リザードマンの彼は一番戦闘力が高い。

種族的にも戦闘民族である事に加え、戦闘に対しての才能が群を抜いている。

実力的に、弟子たちを越えるだろう。

ヤンキーであることが原因で体育祭への参加が却下されたハズだが、おそらく参加していれば優勝していたのは彼になっていただろう。

非常に残念だ。

彼が愛を知らないモンスターでなければ、彼は次期魔王への候補として有力だっただろうに。

「あ゛あ゛あ゛あ゛!! !」

「ははっ、バーサーカーかいな」

目が血走り、雄叫びとともに拳を振るう。その姿はまさしく狂戦士の名が相応しい。ヤンキー感もありリザードマンの正しい戦闘方法でもあり、戦闘面に関しては彼の治療は必要なさそうだな。

「しかたない、少しガチろうか」

　槍を上段に構える。

「特別に、《醜い船と騎士《グングニル》》を見せてあげるよ」

　槍を思い切り――投げる。

　おばあちゃんに教わった奥義の1つだ。

　特殊な投げ方をすることで槍が空気を裂くごとに加速していくという、チート技。人々に笑われた船乗りが生み出した、究極奥義だと聞いた。

「キミなら、どうする!!」

　ギュンギュンと加速していく槍。

　彼の実力であれば、避けることは容易い。いや、跳ね返してくるかもしれない。

　さぁ、どう出る。

　優秀な生徒の最高の答えが、教員にとっては究極の養分になるんだ!!!!

　彼の回答は――

「――あ゛」

　舞うは紅。

　飛ぶは赫。

　倒れるリザードマン。

　彼は槍を避けること無く――

――――胸に槍が刺さった。

「――――あ」

完全に失念していた。

俺が最後に使用したのは15歳の時。

つまり、俺が知っているこの技の性能はそこで止まっているのだ。

俺はあの頃よりも遥かに強くなっている。この技が当時よりも遥かに性能アップしていても、不思議ではない。

「……俺、やっちゃいました？」

右手で後頭部を掻き、そう呟くことしかできなかった。

◆

【後日】

「るんるんでぃでゅん!!」

鼻歌交じりに、酸素と水素を混ぜる。

仕事が終わったので、少し危険なことをしたい気分なのだ。

「無事に教員に復帰できたし、久しぶりに奥義を発動できたし、中々によかった休日だな」

恋を自覚できたし、魔王への闘争心も思い出すことができたし、最高の休日だったな。

そう、休日は良かったのだが――――

「保健室のアニキ!!」

「元気してますか!!」

「あ゛ぁ゛!!」

ガラガラと現れたのは、ガラの悪いヤンキー。

普段なら、保健室に決して訪れることなどなさそうな、３匹のヤンキーだ。

「キミたち……未成年なんだから、タバコはやめなよ」

「マールド・86最高ッス!!」

「まじ卍ッス!!」

「あ゛ぁ゛!!」

ヤンキーは強者に従う性質がある。

自分よりも強い者の舎弟になりたがる、極めて悪質《めんどう》な性質があるのだ。

彼らも例外ではない。

俺が彼らをボコボコにしたあの日からずっと、彼らは俺のことを『アニキ』と呼び、従っている。

「……やれやれ、騒々しくなりそうだな」

俺も男なので、できることならば女の子だけを周りに置いておきたかったのだがな……。

やかましくなりそうなこれからの日々を憂い、ため息がツラツラと零れてしまう。

……不幸だ。

# 5章

# VS黒魔術師編

それは突然やってきた。

『拝啓、白魔術師様。

明日の晩、あなたを殺しに行きます。

あなたの大切なモノを破壊します。

あなただけはゆるしません。

あなたのことが大嫌いな黒魔術師より』

と、いう内容の手紙がポストにあった。

「……やべーな」

仕事終わりにヘビーなモノを見てしまった。

血のように真っ赤な絵の具で書かれた文字を見ていると、正気がゴリゴリと削られていく。SAN値やばい。

呪いの手紙だな。

送り主を考えると、本当に呪いがかかっていそうでブルってしまう。

「よく俺の住所が特定できたな。あのクソ野郎」

手紙をくしゃっと丸め、ゴミ箱にイン。そして、ベッドにゴロリ。

「黒魔術師……俺も嫌いだよ」

勇者パーティー時代の同期【黒魔術師】。

性格は陰湿で、人の嫌がることを好む性質のあるゴミクズ野郎だ。攻撃魔術は賢者よりもずっと高難度のモノだったが、それ以外が本当にクソだった。

白魔術師の俺とはソリが合わなかった。

何度も対立し、俺が勇者パーティーを追放された原因の1つに、黒魔術師との連携がまるでとれないからというものがあった。

「しかし……何故いまさら？」

俺が追放されてから、約1年。

何故今になって黒魔術師が俺に嫌がらせを仕掛けてくるのか、全く理解ができない。

手紙の内容から察するに、おそらく黒魔術師は1人でやってくるだろう。もしも彼が勇者パーティーの仲間と共にやってくるのであれば、こんな手紙なんてよこさない。

彼はそういう性格だ。

「ともかく、やることは決まっている。俺の居場所をあんな外道に奪われるなんて、考えるだけでヘドとゲロが出るな」

居場所を穢されるわけにはいかない。

「俺があいつに負けるなんてありえないし、被害を生徒に広げないように注意しよう」

俺はあいつよりも強い。

何度も戦ったから、それは変わらない事実だ。

「今日はもう寝よう」

ベッドにバタンキュー。俺の意識は秒で無くなった。

黒魔術師は明日の晩に襲来する。

◆

【次の日の夜】

「これでいいだろう」

コロッセオにて、最終準備を整える。

手にはいつもの槍。白いローブを着込む。

冒険者時代に見つけたパワーグローブやスピスピシューズなどの様々なマジックアイテムも、いっぱい装備している。

完全装備でなくとも、彼には勝てる。

しかし、念には念を。

縛りプレイをして万が一負けてしまえば、次に狙われるのは我が愛すべき生徒たちなのだ。

「久しぶりに、1人ぼっちでの戦いだな」

最近は弟子たちやヤオが観戦していた。

仲間や観客に応援される戦いというモノは非常に新鮮で、それはそれは心が躍った。

しかし、今は俺1人。彼女たちや他の教員、そして魔王には今回の件は伝えていない。

迷惑と思ったからね。

「最近は慣れすぎたからな」

俺は本来、ボッチだ。

仲間の声援などなく、孤高に戦う白魔術師。それが俺の本来の戦闘スタイルだ。

仲間に応援されることもすごく気持ちよかったけれど、甘い夢は覚める時間だ。

俺は――ボッチなのだから。

「負ける気がしないな」

１人の時間は久しい。

孤独にあってこそ、俺だ。寂しがりだが協力プレーが苦手な俺が一番実力を発揮できるのは、孤高のソロプレーに限るのだから。

「さて」

満月が天に昇る。

「――」

ふと、空を見上げると。

「――来たな」

月をバックに舞う空飛ぶ絨毯。

その上には、黒髪の美青年が。

手には禍々しい杖。身に纏うは漆黒のローブ。

ダンジョンで見つけたパワーグローブやスピスピシューズを装備し、完全装備の様子。

俺とは対照的な彼は――

「――黒魔術師、遅いぞ」

大嫌いな男――

――黒魔術師だ。


「よっと」

黒魔術師は空飛ぶ絨毯から飛び降りる。

かっこつけの彼はスーパーヒーローが好みそうな膝にくる着地で、コロッセオに降り立った。

「自害したと聞いたよ」

「お前を殺すために蘇ったんだ」

「へぇ、蘇生魔術が確立されたんだ」

俺が人間界にいた時代は蘇生魔術はなかった。

たった1年程度で魔術は相当に進歩したようだ。戦争は技術を発展させるとおばあちゃんが言っていたが、どうやらその言葉に偽りはなかったようだ。

「擬似的な蘇生だ。自害前に《影分身《デュープ》》でボクの複製をとっていてね、その分身から様々なデータを知人に抜き取ってもらって、ホムンクルスとして蘇ったのさ」

よくわからん。

「とりあえず、蘇ったんだね？」

「ああ、バカなお前には理解できないと思うけどな」

悪かったな。

「それで、どうして今さら復讐を？」

俺は彼と仲が悪かった。

そもそも黒魔術師と白魔術師は性格面での相性が極めて悪くて、水と油のような職業と揶揄されることが多い職業なのだ。

しかし、復讐をするほどではないハズだ。

俺たちは確かに仲が悪かったが､相手を殺害したいほど憎んだことなど冗談以外ではなかった。少なくとも、俺は彼を殺したいなどとは一度も思わなかった。

「ボクが自害したのに、キミは悠々と甘い生活を享受する。それがどうしても許せないのさ」

ようするに――

「嫉妬か？」

「ああ、醜いだろ？」

「とてもな」

勇者パーティーのストレスに耐えきれず、自害してホムンクルスとして蘇った彼。

不幸な男だ。

勇者パーティーを追放され、魔王学園で保健室の先生に就職し、毎日をハッピーに過ごす俺。

幸運だな。

どこまでも対な俺たち。彼と俺が理解しあえる日など、来ないのだろう。

「いいよ、もう一度殺してやる」

槍を構える。

「残念、死ぬのはお前だ」

彼は杖を構える。

「俺の愛する場所や生徒に、手ェ出すな」

そして、槍を向け――

「《リプロプラミング》」

◆

ズキュキュキューーン!!

槍から放たれたビームは、見事に命中した。

「何をしたんだい？」

彼は《リプロプラミング》を知らない。

俺が《リプロプラミング》を開発したのは、勇者パーティーを追放された後だからだ。

「残念だが、キミの負けだ」

「ふふ、あまり調子に乗るなよ!!」

彼は杖を構え、魔術を唱える。

普通であれば、杖が深紅に染まり辺りが魔力で充満されるだろうが――

「《炎のエレメント《レッド》》」

魔術は発動しない。

無様に、滑稽に、魔術の失敗だ。俺だったら、恥ずかしくて死んでしまう。

「なッ――!!」

「言ったろ、《リプロプラミング》したと」

魔術師の彼にとって、魔術が扱えなくなる《リプロプラミング》は脅威中の脅威だ。魔術師は身体が軟弱な者が多いため、こうやって魔術が封印されると抵抗できなくなって詰んでしまう。

それを危惧したから、俺は身体を鍛えたのだ。

槍をクルクル振り回す。

昔憧れた、英雄のように。

皆が恐れる、執行者のように。

「キミは蘇っても、俺には勝てない」

悠然と一歩。

「残念だけど、キミは我が学園の癌だ」

悠然と一歩。

「キミを――――切除する」

彼の元へ到達。

「最後に言い残すことは？」

槍を構えて、問う。

「今は、何も」

「そうか」

槍を――――振り下ろした。

◆

「……久しぶりな気もするけど、そうでもないか」

【†殲滅の白魔術師†】と呼ばれていた頃は、毎日のように人や魔物を嬲り殺していた。あの頃は若かったため、常に血を求めていたのだ。

「こんな俺でも、彼女たちは受け止めてくれるだろうか」

魔物は基本的に仲間意識が強い。

仲間を人間や別種族の魔物に傷つけられることには何故か無関心だが、同属同士で傷つけ合うことはものすごく嫌っている。

だからこそ、怖い。

殺人鬼の俺を、同属を殺した咎人を。俺を慕ってくれる彼女たちは、受け止めてくれるだろうか。

それでも変わらず、愛を与えてくれるだろうか。

脳裏に浮かぶは3匹の少女。

その表情は、嫌悪に溢れている。全て俺の想像だが、すごく恐ろしい。

「……嫌がられても仕方ないよな」

彼の死体を燃やす。

「せめて、今度はちゃんと死ねますように」

2度目の死を迎えた彼に、祈りを捧げる。

「今度は、仲良くできたらいいな」

肉の焼ける臭いが、ヤケに鼻につく。

その日、最強の黒魔術師――――

――――レギオン・ガマリアは死んだ。


「――――と、いうわけだ」

次の日、俺はカフェ・ラテ・ヤオを保健室に集め、昨晩の事件について包み隠さず、全てを語った。

生徒への隠し事は良くない。

生徒の鑑となるべき教員なのだから、どんな後ろめたいことでも打ち解ける必要があると俺は考えている。

隠し事は悪だが、正直に事実を語るということは想像を絶する覚悟が必要になってくる。教員だが、今回新たに学べた。

「……そうですか」

「……そ、そんなことが……」

「……」

と、カフェ・ラテ・ヤオは反応。俯いているため、表情は確認できない。

「俺は同属を殺害した。キミたち魔物が一番嫌う行いを犯してしまったのさ」

続ける。

「俺のことが嫌いになっただろう？」

人から嫌われることは怖くない。

しかし、ある程度仲良くなった者から嫌われることは……少し心苦しい。脳筋サイコパスと時々評される俺だが、俺にだって人間の心くらいあるのだ。

今回限りで彼女たちとは縁を切ることになるだろうか。

それはかなしいな。

「……」

「……」

「……」

みんな黙っている。何を考えているのか、よくわからない。

「……先生」

ラテが口を開く。

「わたしたちは、確かに同属を傷つける者を許したりはしません。魔物は基本的に仲間意識が強い生き物なので」

ラテは続ける。

「先生は罪を犯してしまいました。魔物であれば、異端審問で処刑されていることでしょう」

ラテは続ける。

「ですけど——先生を嫌いにはなれませんよ」

と、ラテは言った。

「わたしたちは先生から多くのモノをいただきました。力・知識・友情、そして愛や恋を」

ラテは続ける。

「たくさんのモノを与えてくれた恩師のことを、魔物のタブー如きで嫌いになるわけないですよ」

ラテは俺の頭を掴み、抱き寄せる。

「だいじょうぶですよ」

柔らかい。

暖かい。

「だいじょうぶ、だいじょうぶです」

ああ、何故だろうか。涙が溢れ出してくる。

「だいじょうぶ、だいじょうぶ」

俺は生徒を見くびっていた。

彼女たちは想像以上に強靭だった。

そして、俺は想像以上に脆かった。

生徒の優しさに溺れる。

ダメなことかもしれないが、今だけはゆるしてくれ。

ラテの胸は柔らかくて暖かかった。

◆

「先生、あーん」

「あーん」

ラテ手作りの卵焼きを食べる。

「どうですか？」

「おいしいよ」

非常に美味だ。塩が効いていて、すごくおいしい。

「……アルイ先生」

「なんだ？」

「その……あーん」

おお、予想外のムーブ。ヤオがするとは思っていなかった。

顔を真っ赤にしているけれど、照れるくらいなら別にしなくたっていいのに。俺はすごく嬉しいけど。

「あーん」

「ど、どうだ？」

「おいしいよ」

ヤオの卵焼きもおいしい。醤油が効いていて、美味だ。

「せ、せんせ！」

「ほら、あーん」

「あ、あーん！」

カフェの卵焼きも食べる。コミュ力が最近上がっているようで、先生はすごく嬉しいよ。生徒の成長が、教師の喜びだ。

「おいしいよ」

「あ、ありがと、うございます！」

カフェの卵焼きもおいしい。

少し焦げているが、そこはかとない愛らしさを感じるので、無問題だ。

「ありがとうね、みんな」

カフェのイモムシ胴で膝枕をされながら、美少女たちからあーんをされる。

カフェのぷにぷにとした柔らかい感触を後頭部に感じながら、美少女たちが誠心誠意籠めて作った卵焼きを食すなんて、男としてこれ以上の喜びはないだろう。

こんな経験はじめてだ。

好きだった子をことごとくイケメンにとられた俺にとって、こんな待遇は本当に素晴らしい。まさしく鬼的に素晴らしい。

「これまでの恩返しですよ」

「そ、そうですよ！」

「感謝しているぞ、アルイ先生」

ああ、素晴らしき日々。

無双も諍いも、もう必要ない。俺には、この甘い毎日だけあればいい。

勇者パーティーを追放されて正解だった。

あのまま勇者パーティーに従事していれば、俺はきっと胃をキリキリと痛めるだけのゴミのような日々を送り、黒魔術師のように自害の道を選んでいたに違いない。

「ありがとう、みんな」

感謝したいのはこちらだ。こんな甘く優しい世界があることを教えてくれて、戦い以外で満足できることがあることを教えてくれて、本当に感謝している。

黒魔術師には悪いが、幸せに生きよう。

彼の歩んだ日々の絶望は想像するに容易いが、だからこそ俺は彼の分まで幸せにならなければならない。彼の命を絶やした者として、それだけの十字架を背負うべきだ。

幸せになろう。これからも、死ぬときまで。

「みんな、ほんとすこだよ」

いいところで、噛んでしまった。

◆

最近、少しおかしい。

「先生！　あっちで人間を見ました！」

「先生！　校舎裏に人間がいました！」

「先生！　人間に友達が襲われました！」

様々な生徒が色々な情報を持ってくる。
・黒魔術師の人間を見た
・黒魔術師の人間が暴れている
・黒魔術師の人間に襲われた
共通しているのは『黒魔術師の人間』。

どうやら黒衣に身を包んだ黒髪の少年が、生徒たちを次から次へと襲っているらしい。現に、最近やたらと保健室へ負傷者がやってくる。

思い当たるのは、彼だ。しかし、彼はあの晩に殺した。槍で頭を貫いたハズだ。

「そういえば、彼は〝蘇った〟と言っていたな……」

理論は聞いてもよくわからなかったが、彼はホムンクルスとして蘇ったと自称していた。鬱陶しいくらいのドヤ顔で、彼はそう告げたのだ。

それが真だったとしたならば……。

考えられるのは最悪の結論。

俺の考えが外れて欲しい。当たった場合は、非常にめんどうだ。

「じーとしている時間はないな」

このままでは、どうにもならない。

ただただ生徒が傷つく姿を眺め、それを治すだけなど、俺の性に合わない。昔からそういう性格なのだ。

教師なのだから、生徒を守らなければ。

「先生？」

「どうしたんだ？」

「……い、行くんですね」

ラテとヤオは頭にハテナマーク。

カフェは何かを察したようだ。

以前から気づいていたが、カフェは相手の考えなどを先読みする能力に秀でている。コミュニケーション能力が欠如した者の特徴なのだろうか。

「――――と、いうわけだ」

俺は説明する。最悪の結論について。

「わたしたちも行きます」

「ああ、ぜひ力になりたい」

「……と、当然です」

と、彼女たち。

その気持ちはとても嬉しい。

嬉しいのだが……。

「生徒を危険な目に晒すわけにはいかない」

俺は教師だ。

生徒の安全を守るべき存在であるこの私が、生徒にＳＯＳを頼むなど本末転倒である。そんなことは、本来あってはならない。

彼女たちには悪いが、諦めてもらおう。

今回の件は俺に責任があるのかもしれない。自分のケツは自分で掘……間違えた、拭くべきだ。

「わたしたちは生徒ですけど」

ラテが俺の右腕に抱きつく。

「……未来の奥さんですよ」

ドッキーッン!!　心がズキュキュキュキューーン!!

「そ、それはまだ早いが！」

ヤオが俺の左腕に抱きつく。

「……助けになりたいんだ」

やめろ、その上目遣いは俺に効く。

本当に、ドキッとしてしまった。

「せんせ、頼りにしてください……」

カフェが抱きついてくる。

むにゅっとした感触。これは、アレだな。うん、アレだ。

「……いいんだな」

念のため再度確認。

「もちろんです！」

「無論」

「……も、もちろんです」

と、彼女たち。

「……負けたよ」

生徒の意志を尊重するのも教師の役目だ。

それに危険なことを経験することによって、成長できることだってある。俺の嫌いだったパリピどもは、そうやって友情を育みやがった。

今回は俺の負けだ。彼女たちの覚悟に、折れたよ。

「でも、危なくなったら逃げるんだよ？」

槍とローブを装備して、俺たちは保健室を後にした。

◆

少し校外を散策しただけで、〝彼〟はすぐに見つかった。

「やぁ、また会ったね」

手には禍々しい杖。身に纏うは漆黒のローブ。

ダンジョンで見つけたパワーグローブやスピスピシューズを装備し、完全装備の様子。

俺とは対照的で、俺のことが大嫌いな最強の黒魔術師――レギオン・ガマリアが学園の裏山にいた。

「まさか、そちらから出向いてくれるとは」

「俺もキミを探していたからね」

やはり、どう見ても彼だ。少し前にコロッセオで殺害し、死骸を焼却した彼に違いない。顔面のホクロの位置まで、完全に一致している。

彼には双子などいない。

勇者パーティー志願書の家族構成の欄には、両親と妹だけが記載されていた。あれを捏造することは不可能なので、まずこの情報は間違いない。

「《リプログラミング》」

ズキュキュキューン!!

槍ビームは彼を捉えた。

「これが例の《リプログラミング》だね」

彼は驚いていない様子。

2度目なのだから、その反応は当然か。

そして、彼の反応で俺の疑惑が完全に確信に変わった。

「聞きたいことがある」

「死ぬ前に答えるよ」

「それは何より」

答えてくれない場合は記憶を覗くことも検討したのだが、彼が答えてくれるようで何よりだ。

あの術は少しつかれる。

「キミは《影分身《デューブ》》かい?」

「いいや、違うね」

「なら、複製のホムンクルスかい？」

「ああ、正解だ」

なるほど、やはりか。俺の考えが、的中した。

ホムンクルスは材料さえあれば、何体でも作成可能だ。今から15年前に人間界の倫理委員会がホムンクルス作成を禁止したが、それ以前はその制作コストから戦争で大いに役立ったらしい。知らんけど。

そして、彼は記憶をデータ化しているらしい。

ここから推測できることは1つ。彼は身体をいくつも用意して、それぞれの脳に彼の人格を植え付けているのだろう。

そうすることで、《影分身《デュープ》》を越えたより精巧な分身に成功し、擬似的な不死を体現しているのだろう。

道徳や倫理を無視した、度し難い行いだ。保健室の先生として、許せない。

「残りは何体いる？」

「ざっと、一万だね」

「そうか」

俺は槍を投げる。槍は彼の腹を貫いた。

「……めんどうだ」

予感が的中した。やはり、人間はゴミだな。

「せ、せんせ……」

なる。

「アルイ先生、私たちはずっと味方だぞ」

同属を殺した俺の心境を心配してくれているのだろう。彼女たちの態度が、いつも以上に柔和に
「……大丈夫ですか」

「俺は大丈夫だ。さぁ、次を狩ろう」

別に怯えていない。同属を殺害して震えるのは、魔物だけだ。

人間は非常に冷酷で、同属を殺害した程度では何も感じない生き物なのさ。

「……」

槍を引き抜き、彼の頭を踏みつぶす。人間の冷酷さを知らしめるように。

「《筋力強化《マッスル》》」

カフェの細腕が黒魔術師を砕く。

ホムンクルスは基本的に非常に脆く、強い衝撃にめちゃくちゃ弱いのだ。それにプラスして、カフェの怪力がえげつないというのもあるが。

「《増殖する死人《デンジャー》》」

ラテのスケルトンが黒魔術師を倒す。

リプログラミングを施した黒魔術師はクソザコで、スケルトン如きにも勝つことができない。ラテのスケルトンが異常に強いというのもあるが。

「やぁッ！」

ヤオの刀が黒魔術師を倒す。

ズバズバ。クソザコの黒魔術師はドンドン倒される。

「さすがだ」

ゾンビのように増殖を繰り返す黒魔術師。

まるでゴキブリのように、先ほどの1人を見つけた後にゴロゴロと我々に襲いかかってきた。

リプログラミングを施すとザコ同然だ。しかし、いくら何でもこの量では俺の魔力が持たない。俺は確かにてぇんっさぁいっ白魔術師なのだが、それでも無尽蔵の魔力を持っているわけではないのだ。

「こんなことなら……永久機関を開発しておくべきだったな……!!」

俺の怠慢の結果だ。

「だぁッ!!」

槍を振り回し、黒魔術師の群れを倒す。

ガリガリモヤシの黒魔術師は簡単に吹き飛んでいき、炭のように脆い身体を砕けていく。

血しぶきを撒き散らし、草木を深紅に染め上げていく黒魔術師の姿は、まさしくスプラッタ。真っ赤な雨のせいで俺たちまで赤に濡れていく。

「キリがないですよ!!」

「全くだ!!」

「ど、どうしましょう、か!」

3人とも焦っている。

気持ちはとてもわかる。数のわからない脅威ほど怖いものはない。

「俺の考えが正しければ、こいつらを生み出している大本のナニカがどこかにあるハズだ。それを叩くことができれば、黒魔術師の増殖は収まるだろう!!」

こういう展開は好きな本によくあった！

「その大本はどこにありますか！」

「そう遠くないと思う！」

ホムンクルスは常時魔力を供給しなければ、稼働することができない下等な生物だ。翻って考えるに、黒魔術師に魔力を供給しているヤツはこの近くに存在するハズ。

「《本棚《エチュートリーム》》」

魔力探知を周りにする。これは捜査系の魔術だ。

「見つけたぞ!!」

黒魔術師工場の場所を発見した。

「ど、どこですか!!」

「この真下だ!!」

俺たちがいる場所は学園の裏山。

そして、山の地下に巨大な工場施設を発見した。

「行くぞ!!」

魔力をドリル状に練る。

そして――

「《岩石破壊《マグマ・ドリル》》」

地面を掘っていく。

秒間10メートルで地面を突き抜ける俺たちに、黒魔術師は呆気にとられている。

「な、なんですか、こ、この魔術は！」

「回復魔術の応用だ!!」

そして、俺たちは地下へと向かった。

◆

「これが……！」

「おそろしいな……！」

「す、すごい……！」

地下には工場があった。

壁や床は無機質な鋼でできており、ホムンクルスが収容されているガラス管がずらりと並んでいる。

だだっ広いが、ものすごく冷たい雰囲気だ。

地下に広がる工場は、俺の予想通り黒魔術師のものであった。

「さて、破壊しようか」

「で、ですね！」

「粉々にしましょう！」

「破壊は得意だ!!」

工場を木っ端微塵にする。そうすることで、黒魔術師の量産は止まるだろう。

「では、さっそく――」


「させないよ」


工場に響き渡る美声。

これまで幾度も聞いてきた、イラつくボイス。

「キミが……大本かい？」

「ああ、そうさ」

声の主は俺たちへ近づく。工場のように無機質な表情で。

「ボクのコピーが世話になったね」

声の主は黒衣と杖を召喚した。

「残念だけど、お前は俺には勝てない。これまでの戦いの全てを見せてもらったからね」

声の主は杖を構える。

「復讐を果たさせてもらうよ。憎きクソ白魔術師さん！」

声の主――黒魔術師は舌なめずりをしながら、俺たちにそう告げた。

「《リプログラミング》」

開幕リプロ砲。やはり、これに限る。

全ての魔術師は、これで完封できる。

どんな高度な魔術を操ろうと、どんな火力の高い魔力を発動できる高名な魔術師であっても、俺のリプログラミングの前では無力だ。

そんな必殺のリプロ砲が黒魔術師に迫る。

これさえ命中すれば、いくら最強の黒魔術師でもゴミ同然だ。

「……そんなもの、対策済みだ」

黒魔術師が全面にバリアを貼る。

バカめ、リプロ砲には防御が通用しない。

リプロ砲はバリアに命中し――――

「――――なッ!!」


――――バリアに阻まれた。


「ど、どういうことだ……。リプロ砲はどんな魔術でも無力化できる魔術、どれだけ高度なバリア系の魔術であっても無力化できるハズなのに……!」

こわい。

「お前は前に言ったよね。〝真の天才とは向上心のある天才〟だって。〝向上心のないヤツは、本当のバカであり愚か者〟だって」

黒魔術師が嗤っている。

「何度もボクのコピーがリプログラミングの前に敗れ去ったんだ。真の天才であるボクが対策を練らないわけがないだろう？」

黒魔術師が嗤っている。

「お前たちではボクには勝てない。お前たちがボクのコピーに施したような、今生の終焉を与えてあげるよ」

黒魔術師が嗤っている。

「ボクが最後の絶望だ」

黒魔術師が嗤っている。現状を楽しむように。

◆

炎が舞う。

水が飛ぶ。

風が裂く。

黒魔術師の魔術は激烈だ。

鉄製の床や壁すらを傷つける超火力の攻撃に為す術は無く、黒魔術師の攻撃を避けることが精一杯だ。

【†殲滅の白魔術師†】と呼ばれ、数々の戦場に赴いた戦闘のプロである俺でも、彼の魔術をかいくぐる事は非常に困難で、戦況は悪化していくばかりだ。

「くっ……！」

「う、うぅ……」

「どんな魔術だ……！」

炎が、水が、風が、生徒を傷つける。

カフェは左腕を焼かれ、ラテは片耳を水中に落とし、ヤオは右腕を裂かれた。もちろんそれ以外のダメージも蓄積しており、俺以外の全員が満身創痍で立っていることがやっとの状況だ。

戦況は悪化している。

リプログラミングは通用せず、瞬間移動の魔術で彼の近くに移動しようという試みは彼の魔術結界で失敗した。

生徒が傷ついていく。

それを横から見ることしかできない現状が、歯がゆくて情けない。

「言っただろう、お前の大切な物は全てボクが破壊する。お前が大切に思っている生徒や学園は、こんな風にジワジワと嬲り殺してやるよ」

……。

「……どうしたものか」

愚直に自爆覚悟の突進を仕掛けることもありよりのありだが、そうなると、彼女たちを傷つける事になってしまう。

身体も、心も、生徒を傷つけたくない。

打開は難しい。

天才白魔術師だが、基本的に脳筋なので頭を使う戦いは苦手なのだ。

「なにか対策は……ん？」

荒れ狂う魔術に立つことが精一杯の中、俺の足下にナニカが転がってきた。

「これは……ヤバーイナイフ？」

闘技場で俺がラテに渡したナイフだ。

使用すると暴走してしまうが、強力な力を手に入れることができる、まさしく〝禁断〟という呼称がふさわしい道具。

ラテの懐から転がってきたのだろうか。

まったく、ちゃんとポッケにナイナイしておかないとダメだとあれほど――

「――あ」

瞬間、電流が走った。もちろん、比喩的な意味で。

「そうか、そうだったな」

今更だが、思い出したぞ。そうだ、完全に忘れていた。

黒魔術師を睨む。鷲のように強く、鷹のように鋭く。

「なんだい、命乞いかい？」

黒魔術師は嗤っている。勝利を確信しているかのように、下賎な笑みを浮かべている。

「俺はてぇんっさぃい白魔術師だ」

懐から1本のペンを取り出す。

それはいわゆる赤青エンピツと呼ばれるモノで、両端を削ったばかりの新品同様だ。

「体育祭後に、念のために作っておいた」

ヤバーイナイフを胸に突き刺す。

赤青エンピツの赤の部分を、左目に突き刺す。

「〝こんなこともあろうかと〟、ね」

瞬間、俺は〝変わった〟。

髪が深紅に染まる。全身を流れる血液が急に加速しだして、動機と焦燥感が激しくなる。

ああ、早く、速く。

戦いたいッッッッ!!

「ほう、その姿は？」


「向上心のある天才の姿だッッッ!!」

俺は現状最強フォーム。『赤エンエン』に変身した。


【赤エンエン】

超スピードアタッカー。

マッハを遥かに超える鬼速いスピードを誇り、どんな攻撃でも軽々と回避することが可能。

必殺技はスピードを生かしたラッシュ。

「《雷のエレメント《イエロー》》」

紫電が俺を襲う。

普通であれば、直撃だろう。

しかし——

「遅いッッッッ‼　‼」

全ての紫電を躱す。

スピードタイプと化した今となっては、カミナリの速さを超えることなど造作もない。俺は今、世界で一番マッハを越えているッッッッ‼

自分でも何を言っているのかわからない。気分が高揚していて、すごくハイなのだ。

カミナリがマッハ以上の速度だということは当然知っているが、何故かここではマッハという表現が適切だと思ってしまうくらいハイになっている。

「クソッ、何をした‼」

「めっちゃ速くなったッッッッ‼」

マッハで黒魔術師に接近。

圧倒的な速度のため、黒魔術師は俺に反応することができず懐への侵入を許してしまう。

そして——

「ッッッッッ‼‼」

ものすごいラッシュ。

腕が何本にも見えるスピード。自分でも速すぎて引いている。

「────ッ!!」

当然、黒魔術師は吹き飛ばされる。

いっぱい血を流し、勢いよく飛んでいく。

「────ぐえェッ!!」

自分が熔解させた壁に激突。

黒い煙と肉の焼ける香り、いやにベストマッチした2つの度し難い臭いが鼻をくすぐる。この形態になると嗅覚まで過敏になってしまうので、非常に不愉快だ。

「どうだ、これが生徒を守る教師の力だッッッッッ!!」

興奮を抑えながら、そう告げる。

「……確かに、すごいよ」

黒魔術師は熔解した壁から立ち上がる。

瓦礫もいくらか真っ赤に燃えており、その中心にいる彼は心底熱そうだ。

「お前の才能は、ずっと前から知っている」

黒魔術師は悠然と歩む。

衣服を燃やし、肌をいくらか焦がしながら進んでくる姿は、まるで地獄の幽鬼を連想させる。

「憎かった、妬ましかった、鬱陶しかった。学生時代から大嫌いでしかたなくて、マウントをとれることといえば経験人数とか、そんなどうでもいいことばかり」

黒魔術師は歯ぎしりしながら、歩む。

「だから、殺す」

黒魔術師は俺を睨み付ける。白銀に輝く、魔眼を光らせて。

「……そうかッッッ」

彼もまた、悩んでいたのだな。

俺が普段接している多くの学生と同じく、才能に絶望して嘆いていたのか。しかも、その対象がこの俺とはな。

同情する。

しかし、彼の罪は消えない。俺が彼をこんな怪物に変えてしまったのならば、その怪物を討伐するのは俺の役目だろう。

「でも、キミは俺には勝てないぞッッッ」

「そんなこと、まだわからない」

「昔から、何も変わらないなッッッ」

「お前が俺を語るな！！！」

そう言い、彼は杖を振りかざ——

「遅いよッッッ」

——す前に、はたき落とす。

「これで終わりだッッッッッ!!」

ラッシュ。

ラッシュ。

ラッシュ。

超スピードで、彼をブン殴る。

それはこれまで以上の速度で、一発一発が即死クラスの攻撃だ。ホムンクルスは基本的に身体が脆いので、ボロボロと身体が崩れていく。

「――アデューッッッ」

最後の一撃を、顔面へ。

「――」

彼は頭が粉々になり、吹き飛んだ。

「……終わった」

左目のエンピツを抜く。

アドレナリンで痛みは全くないが、血がドバドバと溢れ出るので視界が朱に染まってしまう。

「……さようなら、もう2度と会わないことを願うよ」

俺は彼のことが嫌いだ。

性格が全然気に食わず、学生時代も勇者パーティー時代もソリが合うことなど、一度もなかった。

しかし、彼の心情を聞いてしまった今となっては、心が少しキツい。

その後、俺たちは工場を爆破し、地上に残る全ての黒魔術師を駆逐した。

◆

【2ヶ月後】

「やぁ、久しぶり」

裏山に墓を建てた。

彼は俺に散々嫌がらせをしてきたゴミクズだが、彼の境遇を聞き少しだけ同情してしまったのだ。

隣には賢者の墓。

彼らの仲はボチボチだったので、きっとあの世で仲良くしてくれるだろう。

「これでも食らえ」

酒瓶を彼の墓にぶつける。

彼は下戸レベルＭＡＸなので、アルコール度数の極めて高いこの酒を飲んでしまうと、倒れること間違いなしだ。あの世でベロベロになってしまえ、ざまぁみろ。

「あれから大変だったよ。人間が魔界に侵入したという話があっという間に広まって、魔界の防衛機能が上昇したりね。そのためにたくさん工事が行われて、建設職の方々はウハウハだったけどね」

再度、酒瓶をぶつける。

「でも、一般の方々は恐怖を抱いた感じだったよ。俺の元にも何度か人間に対しての相談が寄せられたし、本当に忙しかったな」

その辺の石をぶつける。

「全部キミのせいだ。復讐なんてくだらない理由のために魔界を散々荒らして、そして無残にあっけなく俺に倒されるなんて、本当に哀れだしクソだよね」

その辺の虫を墓に乗っける。

「ストレスで死んで、蘇っても復讐を果たすことができなかったキミは、本当に哀れだよね。正直、同情しちゃうよ」

　墓に土をかける。

「だからといって、許したりはしないよ」

　立ち上がる。

「キミの罪を俺は忘れない。どれだけ悲壮なバックがあろうとも、俺だけはキミの罪を風化させないよ。あの世であったら、ダラダラ嫌味を言ってやる」

　墓を揺する。

「だけど、少しだけ感謝もしている」

　賢者の墓を掃除する。

「防衛設備の上昇や、生徒たちの人間に対する恐怖や闘気などを向上させてくれたことは、本当に認めたくはないんだけど感謝している」

　賢者の墓のコケを取る。

「やはり脅威を抱いてこそ、成長する。それは人も魔物も変わらないね」

　賢者の墓の雑草を抜く。

「俺の弟子たちを筆頭に、みんな今回の事件をきっかけに修練のランクをさらに上昇させているよ。カフェもラテもヤオも、みんなお前の全盛期と同等かそれ以上に強くなったよ」

　賢者の墓を磨く。

「なぜか俺の弟子たちのボディタッチが、あの事件以降さらに激しくなったんだけど、これは喜んでいいんだろうかね。まぁ、それはいいか」

賢者の墓を磨く。

「人間は魔物には到底敵わない。勇者に殺されたようなキミにとっては、朗報になりえるのかもしれないね」

賢者の墓を磨く。

「キミは魔界に福音と厄災をもたらした。どちらかというと厄災の方が濃いから、決して感謝はしないよ」

賢者の墓を磨く。

「じゃあ、俺はそろそろ行くよ」

踵を帰す。

「それじゃあ、また」

ピカピカの賢者の墓。

コケまみれの黒魔術師の墓。

対照的な2つの墓を後に、俺は学園へと戻った。

# エピローグ

黒魔術師を倒してから数日後、俺は相も変わらず保健室で仕事に従事していた。

黒魔術師を殺した罪悪感に近い感情は俺の心を蝕むし、そのせいで前ほど仕事が効率よく進まないのだが、そんなことを気にし続けることは建設的ではないので、今の俺はただただ仕事を頑張るしかない。

ここ最近はそんなことを考えながら、仕事に一生懸命に取りかかるだけの日々だ。

「ふぃ～」

コーヒーや紅茶といったカフェイン系がどうにもこうにも口に合わない俺は炭酸ジュースをカップに注ぎ、それをチビチビとまるでジェントルマンのように啜る。

ここ最近はこうやって炭酸ジュースを嗜みながら、これまでの出来事を想起している。

勇者パーティーを追放されたあの日のこと。

脳筋の勇者には俺の溢れ出る才能はまるで理解されず、そして哀れな勇者は俺を追放した。本当に愚かでバカでクソな勇者様だな。

しかし、そのおかげで俺はさらに素晴らしい現実へと向かうことができた。

ヤツらはきっと、いまごろ後悔しているだろう。俺という優秀な白魔術師を失い、筋肉で解決できない出来事が存在するという至極当然の回答を突きつけられているのだろう。

ああ、いい気味だ。クソどもめ、さっさと死ね。おっと、お口が汚いね。

魔王にスカウトされたあの日のこと。

今でこそ追放されてハッピーなのだが、当時は路頭に迷ってマジでヤバかった。

この先、どうやって生きようか、勇者パーティーを追放された俺を受け入れてくれる場所なんて、存在するのだろうか。そんな暗澹とした考えが脳内をリフレインし続けて、俺の心が病みまくった。

そんなブラック期に魔王は俺をスカウトしてくれたのだ。

人類の敵であった魔王だが、この時ばかりはそんなことを気にしていられなかったな。なんたって、死活問題だったのだから。

魔界に来てからは、毎日が充実していた。

美少女魔物が相談に来てくれるし、毎日のように何かしらの事件は起こる。

事件が起こると仕事が増えて少々めんどくさくなるのだけれど、それでも生きているだけだった勇者パーティー時代に比べると、不謹慎だけど断然マシだった。

そんなこんなで今日まで生きて来られた。

騒々しい毎日を楽しく、時には厳しく送ってきて、とても楽しかった。

なんていうか、何度だって言うんだけど、充実していた。

こんなのは学生時代にも勇者パーティー時代にも送ったことがなくて、本当に初めての経験で、ガチのマジで楽しかったんだ。

21にもなってここまで興奮するようなことはなんて言うか恥ずかしいんだけど、それでもこれだけは言わせて欲しい。

やっぱり、魔界は最高だな！


「よし！」

いつもの炭酸想起タイムが終了した。

本日は快晴で、誰もケガすることなく、とても平和な一日となりそう――


「せ、せんせ！」

「あ、あの子が!!」

「大変だ!!」

と、退屈な日々を過ごそうと思った矢先に、俺の日々を騒ぎ立ててくる彼女たちが保健室へと入室してきた。

「やれやれ」

お口は退屈そうな声を上げるが、心は少年のようにウキウキしている。

当然だろう、これから事件が起きるのだから。

これまでのように、もしかするとこれまで以上に面白い事件に出くわすことがデキるのだから。

勇者パーティー時代とは違って、生きていることを実感できるような、俺の存在を必要としてくれるような、そんな素晴らしい日々を送ることができるのだから。

「いいよ。さぁ、実験をはじめようか」

俺の仕事はここからだ!!

巻末書き下ろし

# 5年前の戦争編

おばあちゃんが言っていた。

「誰かの役に立てる人間に。笑って人々を救えるような人間に。みんなの笑顔を守れるような人間に。そんな人間になりなさい」と。


俺はおばあちゃんの教えを守ってきた。

身体を鍛えて誰よりも強靭な肉体を習得。

みんなを癒やせる、回復魔術を専攻。

その他様々な学問を学んできた。

最強の力を手にし、最高の回復魔術を習得した。

そんな俺の使命は、人助けに従事すること。

そう思っていたのに――――


「これは――――違う」

目の前に広がる惨憺たる光景を見て、俺は思わず、そう呟いてしまった。

憧れた主人公《ヒーロー》からは、ほど遠い。

血生臭い地面と、硝煙が立ちこめる光景は、俺の望んでいた景色とはかけ離れている。

目の前で蠢く人、ヒト、ひと。

目の前で蠢く物、モノ、もの。

四肢を失い、這いずるだけのそれらを見て、生命に対しての非常に強い罪悪感と冒涜感を同時に味わってしまう。
　火は未だに消えず、モノ・ヒトを焼き尽くす。
　岩は未だに蹂躙し、モノ・ヒトを潰し続ける。
　雷は未だに轟き、モノ・ヒトを終わらせる。
　風は未だに叫び、モノ・ヒトを斬り続ける。
　悲痛な叫びは終わらない。悶え苦しみ、家族を叫ぶ。
　それはモノもヒトも変わらない。耳に叫びが、鼻に臭いが、肌に悪寒が。
　それぞれじっとりと、粘り着く。
　俺は間違っていないハズなのに。
　俺は正しいことをしたハズなのに。
　おばあちゃんの教えを守ったハズなのに。
　こんなものは、知らない。
　ああ、ああ。
　どうやら、全てが違ったらしい。
　この世界はどこまでも現実で、どうやっても物語《フィクション》には近づけない。
　これが現実でなければ、ここまでの惨事にはならなかっただろう。
　これが現実でなければ、俺の行いは救われただろう。
　これが現実でなければ、みんなが笑顔で終わってくれただろう。
　ため息が零れる。

なみだが零れる。

ことばが零れる。

「俺は――――間違っていた」

かなしい【現実】が、溢れた。

◆

幼い頃からおばあちゃんと2人で暮らしていた俺は、15歳の誕生日に魔術学園に強制入学させられた。

おばあちゃん曰く、「様々な世界、色々な人々と触れ合っておいで」とのことだ。

おばあちゃんか野生動物、たまに迷い込む冒険者くらいしか脊椎動物をみたことがなかった俺は素直に嬉しかった。

俺と同い年の人間が、想像もできないくらい大きな場所に集結している。

そんな事実が俺の心を滾らせた。

学園生活が待ち遠しかった日々から100日後、俺はボッチに近い状況にあった。

友達は数人、異性の友達はゼロ。いっぱいいかなしい。

今思えば、スタートダッシュからコケていた。

昔読んだ小説に、隠居生活をする賢者に育てられた少年が学園に入学する話があった。

その少年は賢者に育てられたこともあってか相当な魔力を有しており、その上隠居賢者から教えられていなかったため、常識が欠けていた。

少年は学園でその実力を遺憾なく発揮。そして、実力者である少年にヒロインたちは惚れていくといった内容だった。

あの頃の俺は、少年と自分が重なっていると勘違いしていたのだ。

待ちに待った入学試験、俺は全力で試験に挑んだ。

結果は、その年の受験生の中で『1位』という快挙。

おばあちゃんと厳しい生活を過ごした俺にとってその結果は当然だったが、当時の俺は誰よりも優れているというポイント、そしてこの後に待ち受ける最高の青春ストーリーに果てしない興奮を覚えた。

しかし、現実は小説《フィクション》とは違った。

人間という生き物は常識の範囲内に存在する出来事ならば理解できて褒め称えるのだが、常軌を逸脱する出来事が起きてしまうと恐怖を感じる生き物である。

とどのつまり、俺に待ち受けていた結末は——


「はぁ……」

ため息が自然に零れる。

突っ伏し、湿気た机上に額を押しつける。

ワイワイ、ザワザワといつまでも騒いでいるリア充の学生たちを横目に、自然と舌打ちが溢れてしまう。

俺のスタートダッシュは失敗した。

最強の力を遺憾なく見せつけたのだが、彼ら・彼女らの反応は俺の想像とは大きくかけ離れていたのだ。

俺の想像内では「キャーアルイ様!!」、「抱いてくださいアルイ様!!」といった黄色い歓声が連日連夜鳴り止まない学園生活が送られると思っていた。

だが、現実は「……マジで?」、「何、あのバケモノ」といった陰口が囁かれた。

その結果が、現在のボッチ生活だ。

少ない友達とナイトメアモードの学園生活を過ごし、毎日を陰気に送っている。

とても悲しく、とても哀れな日々だ。

学園に通えばラノベの主人公のように素晴らしいハーレム生活を送れると、あの頃のバカな俺はそう夢見ていたのに。

ラノベ世界では二次元が好きな少女が多数いて、主人公はオタク知識をひけらかしても不快には思われなかったのだが、現実世界はオタクに厳しくてオタクは強制的にカーストの最底辺だ。

俺のようにマンガやラノベが好きなオタク女子もいるにはいるのだが……俺が言うのもなんだが、ハッキリ言って近づきたくない。

グルグルメガネをかけて吹き出物でいっぱいの顔をBLマンガに近づけながら「フヒヒ」と呟く、いわゆる『腐女子』たちの群れに飛び込む勇気など、俺にはなかった。

そのせいで、異性への接触がカケラもない暗い青春を送ってしまっている。

「はぁ……」

決して、嫌ではない。

初めての友人を獲得し、マンガや小説を読み漁って意見交換をする日々。これまでの山ごもり生活に比べると、圧倒的に素晴らしい日々ではあるのだが……。

「はぁ……」

想像との乖離が激しすぎる。

俺が愛した小説の主人公と境遇はちかしいはずなのに、どうして俺はこんな目に合っているのだろうか。

もっと華々しい青春を謳歌したかったのだが。

『事実は小説より奇なり』と昔の偉いヒトは言っていたが、俺が提唱するのは『事実は小説より暗澹なり』だ。小説のように劇的な恋愛など起こるわけもなく、美少女は大概イケメンのモノと化してしまう。

オタクに優しいギャルなど、幻想に過ぎないのだ。

ギャルはイケメンとカネにしか興味が無く、キモいオタクに話しかけてくれることなど事務的な内容以外では、まさに皆無だ。

「ど、どうしたで、ご、ござるか。あ、アルイ殿」

「そうだゾ。ため息なんて、アルイらしくないゾ」

「……お前ら」

話しかけてきたのは、俺の数少ない友達だ。

訥弁太っちょピグラと語尾ゾの痩せギスなモグラ。

彼らはマンガや小説のようなサブカルチャーが大好きで、そこに登場するヒロインに恋をしている。

つまり、俺と同じ人種だ。そんな彼らだから、仲良くなった。

みんなが俺に怯える中、彼らだけは俺に仲良く話しかけてくれたのだ。

彼らの最初の言葉は今でも覚えている。

「れ、レンのま、マネですかな?」

「素晴らしく似ているゾ。本人降臨ゾ?」

といった、正直気持ち悪い言葉達だった。

一般的な感性から言えば、彼らは気持ち悪い。だが、彼らとの生活は楽しい。

気持ち悪いことを言うが、俺は彼らのことが大好きだ。

この想いを伝えると、気持ち悪い彼らは、きっと気持ち悪く照れるだろうな。

「し、新刊は買いましたかな?」

「あれはとてもおもしろかったゾ」

「うん、さいっこうに最高だったよ!」

俺たちは昨日出た『ガナティルガ仮面』の新刊について、熱く語る。

筆舌に尽くしがたい熱いストーリー。

萌え萌えキュンなヒロイン達。

自己投影しやすい主人公。

それら全てを、早口で語っていく。

山に娯楽はほとんどない。

たまに迷ってくる冒険者から授かった本やマンガだけが、唯一の娯楽だったのだ。

冒険者からもらったサブカルチャーは。ボロボロになるまで読み漁った。

おばあちゃんの教えを体現するかのように行動する、お人好しの主人公。

優しくて強い主人公に、俺は憧れていった。

いつかは彼のようになろう。幼い俺は、そう決意したのだ。

あれから10年。

あの頃の憧れを未だに抱き続ける俺は、俺と同じように、物語の主人公に憧れた友人と語ることができる。

これ以上の喜びは、中々ないだろう。自分が好きな物を他人と共有できることなど、山ごもりでは味わえなかったのだから。

さらに願うとすれば、友人規模の拡大。この話題をもっと多くの人と共に、味わいたい。

リア充で無くてもいい。

とにかく、優しく強い主人公について、俺はみんなと話題を分かち合いたいのだ。

……もちろん、できればリア充がいいが。

「はい、席に着けー」

俺たちが熱く語っていると、教員が入室してきた。

現在時刻は午前8時30分。朝のホームルームの時間だ。

急いで席に戻る。先生を怒らせると、非常に面倒だからだ。

「今日は――」

昼行灯な雰囲気を醸し出す彼は、のっそりと本日の講義内容や大切なニュースなどを語っていく。

実にしょうもない内容だ。この学園の講義内容はおばあちゃんのそれに比べると、非常に低レベル極まりない。その上、大切なニュースとやらもイマイチどうだっていい内容だ。

「誰々が騎士団に合格した」、そんな内容で喜べる他の生徒の気持ちが理解できない。

確かに騎士はみんなを守れる職業だが、それが名前も知らない赤の他人が合格したからといって、何故自分のように喜ぶ必要があるのだろうか。本当に理解できない。

学園に入学させたおばあちゃんの意向は理解できる。

しかし、学園があまりにも低レベルすぎて、正直なところ学業面では、全く満足できないでいる。もっと高レベルな内容を学べると思ったのに。青春面ではある程度満足しているのが、かなしさを加速させる。

「そうだ、アルイはホームルームが終わり次第、学園長室に迎え」

「あ、うす」

「それでは、ホームルーム終了だ」

一体何故だ？

点で理解できないが、ともかく急ごう。

怪訝な表情で俺を見つめる多くの生徒たちを横目に、俺は学園長室へと向かった。

◆

人類には絶対的な敵がいる。

それは〝魔王〟。有象無象の魔物を率い、人類に仇なす究極の敵だ。

魔物は基本的にソロ活動を好むのだが、魔王はそんな魔物達の統率に成功した。

戦闘能力が極めて高く、1匹だからこそなんとか倒すことが可能だった魔物が群れを成すのだ。

力を持つモノが徒党を組んだことにより、人類は危機に瀕していた。

数々の村々やいくつかの大都市が蹂躙・占領され、大陸も1つ奪われた。

しかし、魔物の侵攻は終わらない。人類が絶滅するまで、彼らは人々を殺し続けるだろう。

「大変だな」

俺が学園長に呼ばれた理由、それは王都に攻めてくる魔物の駆逐の手伝いだった。

人類の生存が厳しくなっている現状だ。孫の手も、いや学生の手も借りたいのだろう。

周りを見渡すと、他校の生徒がチラホラと伺える。彼らも俺と同じように呼ばれたのだろう。

俺たちは王都を囲む城壁の上で待機している。

周りには大砲やバリスタが設置されており、男心を非常にくすぐられる。

だが、俺はもう子どもではないので、みんなの前ではテンションは上げない。

内心はすこぶる昂ぶっていることは、内緒だ。

「アンタ、ミライ魔術学園の生徒か？」

昂ぶるテンションを気合いで押さえつけていると、他校の生徒に話しかけられた。

「そういうアンタはシロ魔術学園の生徒か？」

「ああ、アタシと同じくらいのヤツがいて嬉しいよ」

話しかけてきたのは、女だ。

白いブラウス調の制服が似合っていて、メッシュがかったピンクの髪を持つ女だ。

異性とマトモに話すのは教員かおばあちゃんとだけなのだが、不思議と緊張はしない。おそらく、あまりに耐性がなさ過ぎて逆に振り切ってしまったのだろう。

「しかし、生徒にまで戦場に赴かせるなんて。……人類は相当危機に瀕しているみたいだね」

「ああ、認めたくないが人類はヤバイな」

「今後どうなるんだろうね」

「さぁな。どうなろうが、生き抜くさ」

「アンタカッコいいね」

「カッコいい人に憧れたからな」

俺の憧れは2人。

1人目はおばあちゃんだ。

誰よりもリアルに強くて、俺に様々なことを教えてくれた真の英雄。

実際に若い頃は流浪の戦士として、様々な土地で英雄活動に勤しんだとかなんとか。

おれはおばあちゃんから技術や愛や勇気など、本当に色々なことを学んだ。

時々鬼よりも厳しかったが、本当は誰よりも優しいおばあちゃんが俺は大好きだ。

2人目は本の主人公、レン。

チートパワーで無双したり、高潔な精神で敵さえも改心させる。等身大ながら立派な志を持ち、その上ヒロイン達にモテまくる。

愛や平和を謳いながら誰よりもフィクションに強い彼を見て、俺は強い憧れを抱いた。

おばあちゃんが言っていたのは、きっとこんな人なのだろう。幼い俺はそう思った。

2人のカッコいい人に憧れた。

そんな俺は彼女の言うとおり『カッコよく』なれているだろうか。あまり自信はないが、昔よりはマシになったと思い込みたい。

昔は非常に泣き虫で弱虫だったのだが、おばあちゃんの修行を受けたことで多少は根性が鍛えられたと思っている。

「アンタもやっぱり成績上位者なのかい？」

「ああ、一応1位だ」

「それはすごい！　アタシなんか、2位だよ」

「十分すごいじゃないか」

「いやいや、やっぱり1位を獲得しないと」

憂いを帯びた表情で、彼女はそう語る。

何故1位に固執するのだろうか。

トップに辿り着いたところで、待っているのは数々の蔑称と畏怖だけだというのに。

トップはつらい。彼女はそのことを、きっと知らないのだろうな。

ここで教えても構わないのだが、そうすることによって彼女が逆上してしまう可能性もゼロではない。正義面で、残酷な真実を伝えることはまさしく愚の直行、いや愚の骨頂だ。

「……きっとなれるよ」

「あら、優しいんだね」

「優しい人に憧れたからね」

微妙に溢れ出す彼女の魔力から察するに、相当鍛えている様子だ。努力家であることが伺える。

きっと彼女ならば、1位の頂に辿り着けるだろう。

……そこから、心を折らないでくれると嬉しいのだが。

月並みな言葉しか出てこない自分が、非常に憎たらしい。

憧れた2人ならば、もっと的確な言葉をかけることができるのであろうが、人間との関わりが非常に薄い俺にとって、言葉で人を救うことはとてもハードルが高い。

俺はまだ、行動でしか人を救えないのだ。

「その優しい人って誰なんだい？」

「レンって知ってる？『ガナティルガ仮面』ってラノベのキャラなんだけど」

「アンタもファンなのかい!!」

「あ、う、うん」

「まさかこんなところで同士と出会えるなんて!! テンション極熱だね!!」

急に盛り上がる彼女。

そのテンションの上がり具合から察するに、おそらく相当なファンなのだろう。

俺もかなりのガチファンだが、陰キャなので同士に出会ったからと言って唐突にテンションが爆上がりしたりはしない。

陰キャにも2通りあって、パリピ系陰キャとガチ陰鬱陰キャの2つに分かれるのだ。

前者は仲間で集まると蛮族のように騒ぎ出すが、後者は仲間内で集まったとしても全然暗いままだ。ちなみに俺は後者だ。

それにしても、あの作品に女性ファンがいただなんて意外だ。

確かに主人公は非常にイケメンだが、あの作品はどちらかというと男児向けで、女性は取っつきにくいと思っていたのだが。

ヒロインのハーレムはかなりあり、登場する女性キャラは美少女ばかりで様々な属性を付与されている。一部のキャラクターには〝ガチ恋勢〟なる猛烈なファン層がいるという話も聞いた。

ちなみに俺は〝リアカ〟のガチ恋勢だ。

あのキャラクターは太陽のような明るさと近所のエロい姉ちゃんのような取っつきやすさを併せ持つ最高のキャラクターだ。

物語のメインヒロインであり、人気投票では常に上位ランカー。表紙を飾ることも非常に多く、とてもかわいらしい姿を我々に見せてくれる。物語においてとても重要なキーパーソンであることから、我々ガチ恋勢には非常に嬉しい限りだ。

しかし、俺の想いは彼女には伝えない。

長々とリアカちゃんへの熱い想いを彼女に伝えてしまうと、それこそキモオタの烙印を押されてしまい、とてもキモがられてしまうだろう。

同士を見つけた途端、長文で語る陰キャが最近増えてきたが、俺は断固反対だ。

話が通じればいいのかもしれないが、最近沼へとハマった同士であれば待ち受ける結末は悲劇。熱い想いを語ることは大切かもしれないが、節度と相手を考えなければならない。実体験からわかったことだ。

「ちなみになんのキャラクターが好きなんだい!?」

「リアカかな、やっぱ」

「MJD!?　アタシも好きなんだよ！」

「え、本当!?」

「二刀流で敵をバッタバッタ切り伏せるところもカッコいいし、定期的にパンチラを晒してくれる割とポンコツなところもかわいいよね!!」

こいつ、もしやガチ恋勢か？

リアカちゃんのファンは男性ファンの多いこの作品の中でも群を抜いて男性のガチ恋ファンが多いことで有名だ。

近所のエロい姉ちゃん感が我々陰キャオタクに非常に突き刺さり、感動と恋慕を抱かせる。

しかしそのためだろうか、女性ファンはあまり聞かない。元々女性ファンの少ない作品だが、それにしても聞かない。

これまでにリアカちゃんの女性ファンに出会った経験と言えば、趣味で行っている〝トウザイさん〟というアプリで知り合ったくらいだ。

リアカちゃんのファンということを伝えると、画面越しに彼女は泣いていた。

これは……いいだろうか。

俺の内なるリアカちゃんへの想いを彼女にぶちまけても、構わないだろうか。

……いいや、まだ早い。

ここで勘違いしてオタクを晒してしまうことはリスクが高い。

以前、作品のファンでリアカのガチ恋勢を名乗るヤツに俺のリアカへの想いを長々と語ってしまったことがあったが、自称ガチ恋勢だったのでいっぱい引かれてしまった。

もちろん新参でもニワカでも全然構わないが、ガチ恋を名乗るのであれば一定以上の想いを持っていて欲しい。

以前のような失敗を繰り返さないためにも、俺はここでジャブを打つべきだ。

まずはレンの話から振ろう。

「ちなみにレンのことはどう思ってる？」

「とてもカッコいい、ヒーローの鑑みたいな主人公だよね!!　弱者を助けて、巨悪を撃つ。あんなヒーローのような男、好きになっちゃうよ！」

「お、俺そんなレンに憧れてるんだ……」

「あ、だからアンタは優しいんだね」

「へ？」

「一目見てわかったよ。あんたは優しくて、カッコいい人だってね。理由はよくわからないけど、何故か魂で感じ取ったのさ」

「へへ」

童貞の俺にとって、とてもダメージの強い言葉だ。そんなことを言われたら、惚れてまうやろ。

これはもう言ってもいいだろう。

リアカのガチファンかどうかはさておき、俺のことをかっこよくて優しいと崇め奉ってくれて、その上魂レベルで感じ取ったという中々の爆弾発言を残してくれた。

彼女はこの時点で俺に好印象だ。

ならばこそ、ここでオタクを晒したとしても彼女はきっと引きはしない。

これまでかなりコアなファンでなければ付いて来られなかった俺の話にも、きっと彼女はニッコリと微笑みながら相づちを打ってくれるはずだ。

それこそ、近所のエロい姉ちゃんのように人の話を聞くことが上手なリアカのように。

「あ、あのーーー」

「本当にアンタっておもしろいね。名前はなんて言うの？」

オタクを晒そうとすると、遮られた。

まぁ、これは仕方ないことだ。

「アルイだ」

「ふふ。勇ましい名前ね」

「キミはなんて言うんだ？」

「アタシ？　アタシは――」

少女が名乗ろうとしたとき――〝ヤツら〟はやってきた。

「魔物がやってきたぞぉおおおおおお!!」

1人の近衛兵が叫ぶ。

同乗するように城壁から外に目を向けると、そこには魑魅魍魎。夥しい数の魔物が地を鳴らしていた。

醜悪な魔物。可憐な魔物。色々な魔物。

十物十色な魔物の群が、血気盛んに我々に向かってやってきた。

「ほう、あんな魔物もいるのか」

魔王が現れてから、野生の魔物はいなくなった。これまで各地で悪事を働いていた魔物達だが、魔王が現れてから魔界に移動したらしい。

おそらく、魔王がスカウトしたのだろう。

実力者を、同類をスカウトしたい気持ちは魔物も人間も変わらないということか。

そのため、俺は魔物をほとんど見たことがない。おばあちゃんと山ごもりをしているときも、野生の魔物は存在せず、野生動物とばかり戦っていた。

学園に入学してからも、教員が創りだした人工的な魔物と戦うことはあったが、野生のガチ魔物とは一切触れ合うことがなかった。

そのため、少しだけ感心している。

存在だけは図鑑等で確認したことはあったが、ナマの魔物はガチのマジにハジメテだ。

なるほど、〝醜悪な姿〟や〝可憐な姿に擬態する〟と図鑑には書かれていたが、どうやらそれらに間違いはなかったようだ。

レンが可憐な魔物に騙されて現金を盗まれたというエピソードもあったが、あんなかわいらしい姿をしているのであれば、仕方ないだろう。

かわいいは正義だ。

心が滾ってきた。初めてのリアルな魔物戦。初めての攻防戦。

それら全てが新鮮で、イカれてしまいそうなほどに、興奮剤と化す。

「昂ぶるな」

「ふふ。最初は根暗な草食系少年だと思っていたけれど、アンタもしっかり男の子なのね」

「ああ、男の子さ」

少女はクスクスと笑っている。

美しい顔立ちにその笑い方は……惚れてまうやろ。

俺はイキリ童貞なんだ。女の子への免疫があまりにもなさ過ぎて、女の子の些細な動作を見てるだけで恋してしまう。

あー、ヘテロヘテロ。

女の子にすぐ落ちてしまう俺は、きっとオタサーの姫とかの盛大なカモなんだろうな。

山ごもりの童貞くんは、おんなの味を知らないんだ。いっぱいかなしい。

「それでアンタはどうするんだい？」

「俺は白魔術師だ。戦闘には極力参加しないよ」

「そうかい、それじゃあまた後で会おうね」

「ああ、健闘を祈る」

「うん」

少女はそう言うと、城壁から落ちた。

手に持っていたのが大槍だったので、おそらく彼女の職業は近距離系なのだろう。

魔術学校に通いながら近距離の職業を選ぶ者は決して少なくはないが、女の子でそれを選択する者は珍しい。

貴重な存在を発見してしまったな。

鍛え方から察するに、彼女は相当強い。俺が心配する必要はないと思うが、魔物の実力がイマイチわからないので少々不安になる。

彼女に祝福を。回復職の俺は、静かに祈る。

「さて、それじゃあ俺は俺の仕事に勤しみましょうか」

回復職の俺は、誰かが傷つかないと価値がない。

誰かを救うために就いた職業だが、誰かが傷つかない限り救うことができない。傷つく前に救うことができない自分に、ほとほと嫌気がする。

ああ、自己嫌悪が止まらない。

「ジーッと悩んでいても、ドーにもならないな」

こんなところでウジウジしていても、仕方ない。

俺だって頑張らなければならないのだ。

「がんばるぞい!!」

拳を掲げ、俺は持ち場に向かった。

◆

【医務室】

ババババッ。

魔物が、人が倒れていく。

戦場は血で濡れていき、生命が終わっていく。

四肢を欠損し、時には頭だけになった兵士が医務室になだれ込む。

俺は類い希なる回復魔術の才能があるため、大抵の傷は癒やすことができる。しかし、それは身体的な傷だ。身体を大きく傷つけた彼らの多くは、精神的にも非常に疲弊しており、一部の者はPTSDのような症状を患ってしまった。

心の傷は癒やすことが難しい。長い時間をかけて傷を癒やすことは確かに可能だが、戦場でそのような時間は与えられない。

彼らの多くが更なる戦場への帰還を拒むが、偉い人たちは個人の心境など気にしている場合ではないことを知っているため、鬼畜のように再度戦場へと送り込む。だが、どうやらPTSDに陥っている理由は自身の痛みや仲間の損失による絶望だけではないらしい。

「ま、魔物……」

「あいつら……俺らと同じ……」

「クソ……どうして……」

それは若い層に見られる。

俺と同じように成績上位で戦場に向かわされた学徒のほとんどが、瞳を閉じながらベッドの上で唸っている。

誰も彼も似たような内容で、悔恨と懺悔の混じったような言葉で、学徒の多くが唸っている。

一体戦場で何が起こったのだろうか。真実を知りたいのだが、唸っている彼らの情報は全て断片的であり、情報のほとんどを習得する事が叶わない。

傷が回復した学徒や戦士達は口数が少なく、幽鬼のようにボーッと戦場に赴くため聞けるチャンスもない。

「……」

燻《くすぶ》る思いを胸に押し込めながら、回復業務に興じる。

心が傷ついた彼らの傷を癒やすことは非常に苦痛だ。

まるで壊れたオモチャでそのまま遊び続ける幼子のような、そんな歪な感覚が心の多くを占めてしまう。

これは仕事だから。そんなふうに割り切れるほど俺は大人ではないので、周りに散らばる阿鼻叫喚をできる限り直視しないように、必死に回復魔術をかけ続ける。

誰かを救うために身につけたこの技術だが、現状では誰もを傷つけているという矛盾にほとほと嫌になる。

みんなに笑顔になって欲しいだけなのに、誰もが泣いている。学徒のほとんどが涙を流し、歴戦の戦士ですら顔を曇らせている。

ガナティルガ仮面では戦争はレンを持ち上げるためだけの舞台装置だったのに、どうしてここまで酷いことになっているのだろうか。

俺の思い描いた偶像との距離は遠い。傷ついた戦士も俺の回復魔術で一瞬にして癒やされ、俺に感謝の限りを送って結果的にアゲられる、そんな光景を描いていたのに。

現実はその逆で俺に送られるのは、無と憎悪。

感情が死んだレイプ眼の戦士か、「死なせてくれ」と懇願する悲しき戦士だけだ。

こんなことは望んでいない。望んだのは、もっと華々しい景色なのに。

「……」

「やぁ、キミがアルイくんだね」

回復魔術に注力していると、でっぷりと腹を揺らしながら、偉い人が話しかけてきた。

「キミのおかげで勝てそうだ」

「……」

「死んでさえ無ければ、何度でも何度でも再生し、何度でも戦うことが可能な擬似的な不死軍団!キミの回復魔術のおかげで、人類は更なる力を手に入れたみたいだよ!!」

「……ですが、本当にこれでいいのでしょうか?」

「道徳的には間違っているだろう。しかし、時には冒涜的な行いをしなければならない時もある。正義とは不変的なモノではないのだよ」

「……そういうモノなのでしょうか」

「キミはまだ若いからわからないのかもしれないな。だが、大丈夫だ。キミの行いは人類史に多大なる貢献を及ぼしている、絶対的な〝正義〟なのだから」

俺の信じた正義とかけ離れている。

誰も傷つかない、誰もが笑顔でいられる世界の創造、ラブ&ピースの実現こそが正義だとおばあちゃんは言っていた。

確かに、〝誰も傷つかない〟という点は正解だろう。誰もが傷ついても、その傷を癒やすことができるのだから。

しかし、笑顔にはなっていない。

身体は確かに癒えているのだが、心が癒えておらず、しかもその上で戦地に赴いているのだ。彼らからすると、地獄そのものだろう。

〝正義〟とはこうなのだろうか。

【人類の勝利】が正義の条件なのだとすれば、おそらく偉い人の言う正義は正解なのだろう。

しかし、これは違う。

俺の中の何かが、ひどく叫んでいる。うまく言葉にはできないが、激しい拒否反応が俺の心を蝕む。

〝みんなに笑顔でいてほしい〟。レンのそんなセリフに憧れ、これまでもそのセリフに従事するような活動を行ってきた俺だが、今は何故か激しく吐きそうだ。

「……気持ち悪い」

ゲボを吐きそうになりながら、俺はひたすらに人々を癒やし続ける。

この行いは彼らへの〝救い〟にはならない。

身体の傷は癒やすが、彼らをさらに戦地へと送り込むための〝呪い〟でもある。

もう戦いたくないであろう彼らを、死を迎えたいであろう彼らを、徒《いたずら》に痛めつける鬼畜のような行為だ。

もう、やめたい。彼らの命を失わせたくはないが、彼らの心も失わせたくない。

回復魔術を施さなければ彼らは死ぬが、回復魔術を施すと彼らの心が死ぬ。

どうしようもない矛盾が俺を蝕む。

いったい、どうすれば良いのだろう。どうすれば、彼らを救えるのであろうか。

考えても考えても、人間のことを深く理解できていない俺にはわからない。

「……戦争なんて、無くなれば良いのに」

皮肉にもレンと同じセリフを、自然と漏らしてしまった。

今ならわかる。彼の気持ちが。

諍いを誰よりも憎み、ラブ＆ピースを誰よりも好み、身を賭けて人々を救った憧れの主人公《ヒーロー》の気持ちが。

俺も彼に憧れたのだが。

どうやら、現実はとことん空想とは相容れないようだ。激しい嫌悪が止まらない。

ああ、戦争が終われば良いのに。

魔物を絶滅させて、人類に恒久的な平和が訪れればいいのに。

ああ、みんなが笑顔になれば良いのに。

俺の願いは、中々叶わない。

「……はぁ」

ため息を漏らした瞬間――――

「……アルイくん、キミは戦えるかね？」

と、偉い人に言われた。

◆

「でやぁあああああああああああああ！！！！」

格闘技で魔物を殲滅する。

キマイラやグリフォン、ドラゴンなどを殴る蹴るで粉砕していく。

いくら身体がデカくとも、所詮は生物。

物理無効などの理不尽なチートを所持していない限り、俺の鍛え上げられた肉体の敵ではない。

筋肉は最強だ。魔術による一網打尽も大変ロマンがあるのだが、こうやって地味ながらも価値のある格闘技も素晴らしいのだ。

ビバ筋肉。爆熱筋肉。

「……痛い」

「もう、やめろ」

「くッ……人間め」

「死にたくないな……」

打ち倒した魔物は、それぞれ死んでいく。

最後に憎しみの込もった視線、または無の感情を俺に向けながら。

彼らのほとんどは、死を望んでいない。

多くの人間と同じく。

……なんのために戦っているんだろうか。

かけがえのない人々を、人類の笑顔を守り抜くためだ。だったら、この叫びはなんなんだ。

魔物の悲鳴が耳に届くたびに、酷い嫌悪感が胸を締め付ける。

……俺は。

いや、違う。俺は間違っていない。

「俺は……違う」

心の中は否定している。

心の中は認めたがっている。

心の中は真実を知っている。

しかし、今の俺にそれを直視する自信はない。

魔物は絶対的な敵なのだ。人類の平静のために、俺はこの戦いにおいて人類の勝利を導かなければならないのだ。

人類に正常な世界を。俺の戦う意味は、そこにあるのだ。

「……」

「やめろ……死にたくない……」

「……」

「ほ、欲しいものはあるか……？　命以外だったら……ある程度き、聞けるぞ……！」

「……」

「に、人間はか、カネが好きなんだろ……？　魔界にも金鉱はあ、あるから……見逃してくれるのなら、さ、捧げるぞ！」

必死に懇願してくる。

人と同じ色の涙を流し、人と同じ色の血を溢れさせながら、震える声で俺を説得してくる。

俺の想像していた魔物像とかけ離れたその姿は、一般人の感性では滑稽であり情けないと評価されること間違いなしであろう。

畏怖の対象である魔物がここまで涙を流して命乞いをしてくるのだから、怯え戦《おのの》く一般市民からするとこれ以上に面白くて優越感を得られるモノはそうそうないだろう。

しかし、あまりにも必死なレッドゴブリンの懇願に、俺はつい心を動かされてしまう。

「……何故涙を流す」

「……は？」

レッドゴブリンは人間のように首を傾げる。

「キサマら魔物は戦闘種族だと聞いた。人の苦しみこそが至高であり、人の涙を栄養源にしている、悪辣なる怪物だと聞いた。だが、その姿はなんだ。死を恐れ、痛みを嫌い、上位者に懇願する。そんなの……違う。そんなの……まるで……人間みたいじゃないか」

口から零れる言葉は、懇願だ。

俺の中の魔物像がドンドン壊れていく事を防ぐために、目の前のレッドゴブリンには悪逆非道の感情のない殺戮兵器になってもらわないと困るのだ。

このレッドゴブリンは俺の中の魔物像をブチ壊し、俺に同情を誘ってくる。そんなものは俺が知っている魔物ではない。

まるで醜い人間のようなレッドゴブリンに、俺の心は複雑に揺らいでしまっているのだ。

頼むから、どうかお願いだから、鬼畜でいてくれ。

そんな同情を誘うような、人間臭い表情で俺を見つめないでくれ。

望むは鬼畜のようなコメント。本性を現したかのように、最低最悪なコメントを残してくれ。

『ガナティルガ仮面』に登場する魔物達のように、悪辣で醜悪なその本性を晒してくれ。

俺の創造していた最悪なその様を晒してくれ。

そうしないと、俺は心のどこかがモヤモヤし続ける。

そうしないと、俺の信じたモノの正義がわからなくなる。


「な、何を言ってるかはわからねェけど……死ぬことが怖くないヤツなんて、存在しないだろ?」

「ッ!!」

違う、そうじゃない。俺が聞きたいのは、そんなキレイなセリフではないのだ。

もっと汚くて、下劣なセリフを。クソの掃きだめのように醜いセリフを所望していたのに。

なんだ、その人間臭いセリフは。

なんだ、その美しいセリフは。

なんだ、その普通のセリフは。

そんな怯えた眼で俺を見ないでくれ。

涙を流しながら、醜い容姿で素晴らしい真理を吐かないでくれ。

ああ、クソ。これじゃあ、まるで俺が悪役みたいだ。

旗から見ると、レッドゴブリンに命乞いをさせて、嘲笑う人間のクズでしかない。

俺がどれだけ苦悩しているかなんて、そんなことは第三者には決してわからないのだから。

「……」

「お、おい！　そ、それ以上近づく――」

「もう、黙ってくれ」

俺はレッドゴブリンの頭を砕いた。砕け散る頭蓋の感触は野生動物と変わらず、飛び散る鮮血は人間のそれと何ら変わらない。

溢れ出る脳漿を見つめ、俺は吐き気と嫌悪が止まらない。

その正体にはとっくに気づいているのだが、どうにも認める気にはなれない。

ここでそれを承認してしまえば、全てが終わる。

本能的に気づいているのだ。

だからこそ――

「……次だ」

心に蓋をした。

「でやぁあああ‼　‼」

格闘技で敵を穿つ。

魔物はバッタバッタと薙ぎ倒されていき、俺の拳法の前に立っていられるものは少ない。

魔物の目を、魔物の喉を、魔物の心臓を、俺はとことんまで破壊し続ける。

圧倒的な身体能力で、圧倒的な格闘技で、敵の全てを破壊していく。

「わしは……死ぬのか」

「こんなところで……死にたくないの」

「まだ……生きたかったの」

3匹の老竜が嘆いている。

悠久の時を生き、その知性は全知と言っても過言でない彼らの生命が終わりを迎える。

くだらない戦争のせいで、希少な歴史の証人を失うのだ。

「……ひとつ、聞いても良いか？」

俺は無意識に、疑問を投げていた。

「俺の心に浮かぶこの違和感はなんだ。お前たち魔物は根源的な悪ではないのか。そんなお前らを倒して、どうして俺の心が痛むんだ。どうして、心が張り裂けそうになるんだ。お前たちは何でも知ってるんだろ？　お願いだ。答えてくれ。頼む……！」

心の嘆きを叫ぶ。

ここまで苦しんでいる理由を。

心が痛む原因を。

俺の本心を、敵である彼らに問いただす。

「……幼いの」

「じゃが、輝かしい」

「わしらを打ち倒した英傑が、キミでよかったわい」

老竜たちはそろぞれ、口にする。

死の瞬間はもうすぐ近いというのに、彼らは俺《小僧》の戯言に付き合ってくれる。

「おぬしはすでに気づいているはずじゃよ」

「聡明な若人よ。後はおぬしがそれを直視するかどうかじゃ」

「ヒントを授けよう。『ヒトと魔物』じゃぞ」

優しい老竜はそう告げると、塵に帰って行った。

「……うん」

……これでいいのだろうか。

誰かを守るために身につけたこの力が、誰かを傷つけている。

野生動物も殺したことがあるが、あれは生きるために必要だったからだ。

少なくとも、今は違う。

戦争という誰かのエゴのために、俺はこうやって誰かを傷つけている。

それが人間であれ、魔物であれ、何も変わらない。

俺は……間違っているのだろうか。

この思いを抱くことは、人類にとって明らかにおかしいだろう。

人類の敵である魔物に対して、殺したくないと考えているのだから。

救えるのであれば、魔物も救ってやりたいと考えているのだから。

この思いは、決して正しくないのだろう。

……自分がわからない。

本当は全て気づいている。俺の心に潜むトゲトゲの正体に。

だが、俺にはそれを直視する勇気はない。

老竜たちの言うとおり、俺は〝英雄〟であり〝勇者〟ではないのだ。


その後、しばらく悩みながら暴れていると——

「やぁ、アンタもここに来たんだね」

格闘技で敵を殴り殺していると、少女が話しかけてくれた。

「ああ、ここに呼ばれたんだよ」

「そうかい。それで、気分はどうだい？」

「……ノーコメントで」

「同じ気分さね」

「……嬉しいよ」

「同じ気持ちだよ」

そうか、同じ気持ちのヤツがいてくれたか。つまり、俺は孤独じゃなかったんだな。

おそらく、この感情は俺がまだ学生だから抱いているのだろう。

まだまだ甘ちゃんだからこそ、こんな感情を抱いているのだろう。

大人になれば消えてしまうかもしれない、とても儚い感情。

しかし、この感情は忘れないでおこう。

この感情を忘れてしまうと、俺は優しさを失ってしまう気がする。

……言ってもいいだろうか。

彼女にこの想いを伝えても、本当に大丈夫だろうか。

大人にこの感情を伝えても、きっと一蹴されてしまうだろうが、彼女ならば許してくれる気がする。

同級生の彼女だから、同じ気持ちを抱いている彼女だからこそ、俺はこの気持ちを伝えたいのだろう。

同じ甘ちゃんの彼女に、この気持ちを伝えよう。

「……なぁ、1つ――」


バァンッ！


鳴り響く発砲音。

Q・何が起こった？

A・彼女が撃たれた
「な、な、な！」

目の前で、彼女が血を流している。

頭から大量の血を流しながら、全身を震わせながら、地にひれ伏している。

傷跡を見る限り、頭を魔弾で打ち抜かれたのだろう。

少しだけ散らかっている脳漿と、膨大な血液が彼女の症状の悲惨さを表している。

「あ、あ、あ！」

俺は白魔術師だ。みんなを救って、みんなに笑顔を与える素敵な職業のハズなのだ。

しかし、目の前で人が血塗れになっている様を見て、俺は何も行うことができない。

ケガをした人を治すことは得意だが、目の前で死に絶えそうな人を見て、俺の卑屈な勇気は行動を起こすことができない。

「……わたしの名前は……イロハよ」

少女が語り出す。

息も絶え絶えで血ヘドを吐き、呼吸はヒュウヒュウと弱々しい。

美しい顔立ちはドンドン青白く染まっていき、瞳も白く濁っていく。

流れ出る鮮血は地面をひどく紅色に染めていき、皮肉にも彼女の美しさを際立たせる。生命を失っていくその様はまさしく、〝死〟を直で感じさせられる。

「……わたしを治さないで。……わたしは人間として、ここで遂げたいの」

涙が止まらない。

俺の左腕は自分の意志とは関係なく自然と彼女を擦り、その冷たさを嫌というほど感じてしまう。

まるで氷のように冷たくなっていく彼女と、対照的に生暖かい溢れ出る鮮血はミスマッチしていて、実に美しい。

視界が滲んでいるため詳しくは確認できないが、きっと彼女はこの世のどんな芸術品にも勝るほど美しいのだろう。

「……人間も魔物も、変わらないわね」

彼女が俺の左手を握る。

弱々しくどこか儚げな力で握られる俺の左手は、彼女の冷たさと暖かい血を同時に感じてしまい、妙に寂しくなる。

彼女の〝死〟を感じる。

「……お願いがあるの。わたしの槍で、この戦いを終わらせて。この世界はまだ諍いが尽きないみたいだから、あなたが戦いを終わらせて。わたしの大好きだったレンのよう、〝みんなの笑顔〟を取り戻して。それが……わたしのただ1つの願いよ」

「……〝レン〟のような、世界で1番のヒーローになって。きっと、あなたは成れるわ」


そして、少女――――イロハは息絶えた。


「あ、あ、あ」

戦場に佇む。

硝煙が昇り、火が止まない。

そこら中に身元のわからない死骸が転がり、血で草花が深紅に染められている。

悲痛な叫びが轟く。

嫌悪感のみの空気が漂ってきて、嫌な空気も同時に感じてしまう。

ぬめっとした、べとっとした、ゲンナリする環境がここには存在する。

戦場の空気はハジメテだ。おばあちゃん曰く「欲望の掃きだめ」と語っていた。

当時は意味が理解できなかった。

レンは燦然と輝く流星の如く戦場に降り立ち、自身のチートを神々しく発揮した。

現実とフィクションの違いを知らなかったので、俺もレンのように活躍できると思っていた。

しかし、現実は非情である。

戦場はひどく醜く、胸クソ悪い雰囲気が漂ってくる。

フィクションの世界にあった、楽しく愉快な無双世界は消え失せた。

俺はただ、現実を味わっている。

自身の力を誇示することなどできず、誰かが俺を崇め奉ることなどあり得ず、憤懣《ふんまん》たる想いだけが募るのみ。

「……みんな死んだ」

死んだ。

「魔物も、人間も、みんな死んだ」

死んだ。

「みんな心を持っていた。魔物も人間も」

死んだ。

「人間も魔物も、死にたくない気持ちは変わらない」
死んだ。
「みんな……生きているんだ」
彼女は死んだ。
魔物は死んだ。
人間は死んだ。
戦争に巻き込まれた人々は、死んでいった。
俺の行いはナニカを殺す行為であり、誰かを救う行為ではない。
人間は絶対的な正義では無く、魔物も生きるために必死だったのだ。
俺は正しくない。
レンは誰も殺さずに、誰かを救う助けることに専念した。
おばあちゃんは他人の死を誰よりも嫌った。
俺はこの2人に憧れたハズなんだ。
しかし、現状はかけ離れていた。
魔物は絶対的な怪物であるハズだった。
彼らは血を誰よりも好み、他人の死を誰よりも好んでいる。
しかし、現実は違った。
彼らは戦うことは好んでいたが、死ぬことはやはり嫌だったようだ。
彼らも人間と、そう変わらなかった。

人間と魔物は姿形が多少違うだけで、同じ生き物なのだ。

憧れていた。

正義の味方に。

離れていった。

俺の主人公《ヒーロー》が。

「あ、ああああああああ！！！！！！」


俺は、彼女の槍を握り――――

◆

「キミの活躍は聞いている。何でも、数万の魔物の群れをたった1人で全滅させたようだね。幾千の戦いを勝ち抜いた大英雄さえも、キミの活躍には敬意と畏怖を感じたと語っていたよ」

「……」

目の前で初老の男性が俺に話しかける。

戦争が終わり、その最高貢献者であるこの俺は我が国の騎士団長に呼び出されたのだ。

理事長室にあるフカフカのソファーに座り、俺は彼の話を右から左へと聞き流す。

とてもじゃないが、気分じゃない。

「何でも、魔物たちを槍で打ち倒していったようだね。まさしく、一騎当千そのものだったらしいじゃないか。キミの凄まじい戦いを見て、わたしの部下達はキミのことを〝†殲滅の白魔術師†〟と呼んでいたよ」

「……」

何が〝†殲滅の白魔術師†〟だ。そんなくだらない称号を得るために、俺は戦ったわけじゃない。

「キミの功績は素晴らしい。かの戦争を終焉へ導き、忌々しき魔物どもを――」

「……アンタに何がわかるんだ」

俺は男性の胸ぐらを掴む。

「人間も、魔物も、何も変わらない。あの戦争がもたらしたのは、圧倒的な恐怖と絶望だけだった。魔物は人間を蹂躙し、人間は魔物を蹂躙し、お互いに何も話し合うこと無くあの戦いは終わった。人間側が少しだけでもすり寄れば、あの戦いの結末は変わっていたんじゃないのか!!　そうすれば……イロハも……」

「……それをいくら言ったところで、結果は変わらない。キミはまだ若いからわからないのだろう。魔物は人のことを理解することなどない。あいつらにとって、蹂躙こそが生きがいなのだ。人間との相互理解など、不可能だ」

「でも――」

「それに、キミも多くの魔物を殺しただろう？　それはキミ自身が魔物の理解を諦めた証明になるのではないか？」

「……クソッ!!」

違う、そうじゃない。

俺が魔物を殺したのは、そうするしか方法がなかったからだ。

戦いを好む習性を持つ彼らを、あの状況で言葉で制することなど、不可能だ。

あの場では、暴力以外は無価値だったのだ。

殺すことはどうしても嫌なことだが、そうするしかなかったのだ。

「若いキミはきっと、何かと理由を付けて殲滅を肯定するだろう。だが、キミの行いは英雄的な行いであり、同時にただの殲滅でしかない。私はそれを否定しないが、どれだけ理由を付けたとしても殺戮を拭うことはできないぞ」

「……クソッ!!」

そんなことは、わかっている。

わかっているのだから、その分胸クソ悪い。

俺の行いに正義などないことも、ただの大量虐殺であることだって、そんなことはわかっている。

だが、それを認めるだけの覚悟を俺は持っていない。

動物を殺したことは幾度かあるが、言葉の通じる生命を殺したことははじめてだった。

今でも断末魔が、殺意の感情が、殺めた恐怖が、全身を駆ける。

俺の犯した罪が、俺を永遠に蝕み続ける。

「……帰ります」

「ああ、卒業後の騎士団への入隊を楽しみにしているよ」

「そんな未来は、ありえません」

俺は理事長室を去った。

「……あ、あ、アルイ殿」

「……元気かゾ？」

部屋を出ると、ピグラとモグラが理事長室の前にいた。

彼らは暗い表情をしていて、ただでさえ暗い雰囲気なのにそれがもっとひどいことになっている。

確実に俺が原因であり、ここでの最適な行動は空元気でもいいので明るく接することだということは理解している。

だが、俺はそれを実践できるような精神状況ではない。

「悪い、バイバイ」

素気ない態度で彼らから離れる。どうやら今の俺は想像以上に精神的に疲弊しているようだ。

この反応は俺自身想定していたのだが、想定以上に冷徹な対応を取ってしまった。

ひどく反省しているが、終わったことはどうしようもない。

過ぎ去った時間はどれだけ追い求めても、戻ってきたりはしないのだ。

どれだけ後悔しても、もう遅い。

◆

「……」

あれから数時間後、俺は1人で教室に佇んでいる。

放課後の教室を夕日が朱色に染め、部活動に励む生徒らの声で綺麗に奏でられる。

どこか寂しくどこかノスタルジーな空間がそこには広がっており、人によってはこの世で一番美しい光景だと答える人も少なくないだろう。

最近は学園に通っていなかったため、非常に懐かしさを感じる。

戦場に繰り出されていたときはモチロン、凱旋してからもイロハを失った悲しみや、俺が奪った命の重さなどについて考えてしまい、しばらくの間メンタルをやられてしまったため、登校は控えていた。

今でこそかなり治ったが、それでも心の傷はまだまだ癒えそうにない。

まだまだ若造の俺にとって、あの戦いは相当にヘビーだったのだから。

惚れてしまった少女を失い、数々の命を奪ったのだから、その重さはかなりのものだ。

久しぶりにピグラとモグラに出会ったときも、かなりクソな対応をしてしまった。

コミュ障なので久しぶりに出会った彼らへの対応方法がわからなかったというのもあるが、あの戦争のせいで心に傷を負った俺は常時軽い放心状態へと陥ってしまっている。

あの戦いが俺の心に与えた傷は、想像以上に深かった。

「イロハ……頑張るよ」

俺は彼女と誓った。

〝みんなの笑顔〟を取り戻すと。

ここでいう〝みんな〟とは人間だけでは無く、魔物も含まれている。

魔物の殲滅を行うと人間は笑顔になるが、魔物は死してしまう。

翻って魔物の味方になってしまうと、人間が涙を流してしまう。

そうなってしまえば、なんの意味もない。

どちらも救うことは難しい。

戦争状態にあり、おそらくどちらもお互いを理解できない度し難い生命だと思っているだろう。

本当は言葉で通じ合えることも、本当はお互いに同じ感情が存在することも理解できておらず、お互いがお互いに理解できないバケモノだと思っているに違いない。

難しいが、これをなんとかしなければ〝みんな〟を笑顔にすることは難しいだろう。

「……どうしようか」

方法が思いつかない。

彼女より授かったこの槍で暴力的に解決することは、結果的に平和をもたらすことが可能なのかもしれないが、道程で多くの涙をみることになる。かといって、慈しみの感情だけで皆を包み込むことは、理想論であり叶うハズのない夢物語だ。

俺はまだまだ若造だが、そんなメルヘンな平和が無理なことくらい理解できている。

「……難しいな」

この問題はとても難解だ。

どうしようもなく解決することが――

「やぁ、キミがアルイ君だね」

俺が必死に悩んでいると、キレイな声が聞こえた。

「キミの力を借りたいんだ。〝みんなの笑顔〟を取り戻すために、キミの力が必要なんだ」

教室に金髪の男性が入ってきた。

「おっと、自己紹介がまだだったね」

そして、男性は深くお辞儀をして――

「僕は〝勇者〟だよ。これから、よろしくね」

と、言った。

完

# あとがき

ごきげんよう、作者のマキシマムです。

まずはじめに、本作をお取りいただきまして、ありがとうございます。

本作を小説家になろうに投稿したときは、まさか書籍化できるとは夢にも思っていなかったので、いまだに驚いています。こうして書籍化の夢が実現したのも、みなさまの応援のおかげです。本当にありがとうございます。


さて、あとがきって何を書けば良いのでしょうね。とりあえず、私のプロフィールでも紹介しましょうか。

「ステータスオープン」

ブオンッ

【名前：マキシマム】
【年齢：若い】
【体型：ヒョロい】
【特技：茶壺・指ならし】
【好きな物：イチゴ・爬虫類・冷めたたこ焼き】

【苦手な物：ごぼう・ヌメヌメして脚とかない虫・雨】

一つ一つ説明していきましょう。

まず、名前はマキシマムと申します。身長は百七十ぐらいで、体重は五十前後。年齢は若いです。

ＢＭＩでは毎回痩せぎみだと表示されて、マジつらたんです。

続きまして、特技は茶壺と指ならしです。茶壺とは、手遊びのアレです。知らない人は検索してみてください。指ならしはそのまま、指を鳴らすことです。指パキッとも形容されますね。指系が得意なんですよ。手先はいっぱい不器用です。最後に好きな物と嫌いな物ですね。イチゴと爬虫類は小さい頃から好きでした。特に爬虫類は本当に大好きです。経済的に余裕が持てれば、その内ヒョウモントカゲモドキかフトアゴヒゲトカゲ、あるいはヘルマンリクガメかギリシャリクガメを飼育したいと考えています。あと、冷めたたこ焼きが好きです。

苦手な物は書いてあるんで、説明は必要ないですね。私は爬虫類のことを語りたいんです。


私と爬虫類の初めての出会いは、母が購入してくれた図鑑でした。私は幼少の頃から図鑑が大好きで、ずっと図鑑を読んでいました。植物の図鑑、健康の図鑑、動物の図鑑。色々な図鑑を読んできましたが、一番は爬虫類と両生類の図鑑です。

爬虫類や両生類は「気持ち悪い」や「何考えてるかわからない」といった感想を抱く方々が多いと思います。しかし、一度魅力に気づいてしまうと、もう後戻りはできない魔の沼なのです。事実、私も爬虫類の飼育を検討していますし。

あのクリクリとした眼差し、がっつり捕食する姿、全てが愛おしいです。

犬や猫ももちろんかわいらしいのですが、それとはまた別ベクトルのかわいさがあると考えています。例えるならば、ぬいぐるみがかわいくて、トマトもかわいいみたいな。

特に私が好きなのはミズオオトカゲですね。あの初々しい顔立ちで、がっつり捕食するのですから……動画などではじめて捕食する姿を拝見させていただいたときに、ブルっと痺れちゃいましたね。ああ、私はこのトカゲ様と出会うために生まれてきたのか、と。

だいぶ話がずれましたが、何が言いたいかというと、この小説をお読み頂きありがとうございました。それと、爬虫類はいいぞ、ということです。

それではみなさま、次巻で会えることを楽しみにしています。かかと落とし。

**慰み者になる覚悟はできてます。**

**え？　違うんですか？　プリンって何ですか？**

「村を助けてやる代わりに娘を差し出せ！」領主である貴族からの命令により、慰み者として召し上げられた村娘・リアナ。しかし、連れて行かれたのはなんと女の子だらけの学園だった‼　はじめての豪華なお風呂にはじめての下着、そしてはじめての……プリン‼　無知で無力な村娘・リアナと女好きとの噂の絶えない領主代行・リオン、そして仲間たちとのスペシャルな学園生活が幕を開ける。人気小説『俺の異世界姉妹が自重しない！』（1～3巻／モンスター文庫）スピンオフ作品。

**無知で無力な村娘は、**
**転生領主のもとで成り上がる**

著：緋色の雨　イラスト：原人

定価：本体1200円＋税　ISBN 978-4-8155-6009-6

**WEB書店で好評発売中！**

UG novels UG011

# イキリオタクの最強白魔術師
## ～ブラック勇者パーティーから、魔王学園の保健室の先生に転職しました～

2018年10月15日　第一刷発行

著　　者　マキシマム
イラスト　jimmy
発 行 人　東 由士
発　　行　株式会社英和出版社
〒110-0015　東京都台東区東上野3-15-12 野本ビル6F
営業部:03-3833-8777　編集部:03-3833-8780
http://www.eiwa-inc.com
発　　売　株式会社三交社
〒110-0016
東京都台東区台東4-20-9　大仙柴田ビル2F
TEL:03-5826-4424／FAX:03-5826-4425
http://www.sanko-sha.com/　http://ugnovels.jp
印　　刷　中央精版印刷株式会社
装　　丁　金澤浩二(cmD)
D T P　荒好見(cmD)



ISBN 978-4-8155-6011-9　

マキシマム先生・jimmy先生へのファンレターはこちらへ
あて先
〒110-0015
東京都台東区東上野3-15-12
野本ビル6F
(株)英和出版社
UGnovels編集部

本書は小説投稿サイト『小説家になろう』(https://syosetu.com/)に投稿された作品を大幅に加筆・修正の上、書籍化したものです。

『小説家になろう』は『株式会社ヒナプロジェクト』の登録商標です。